KB197904

돈 잃어버린 분,
찾아가세요.
5000

초판 1쇄 인쇄 2024년 12월 20일
초판 1쇄 발행 2025년 1월 2일

글 임지형 **그림** 김이주
펴낸이 강인선
펴낸곳 (주)거북이북스
출판등록 2008년 1월 29일(제395-3870000251002008000002호)
주소 10543 경기도 고양시 덕양구 청초로 66 덕은 리버워크 A동 309호
전화 02.713.8895 **팩스** 02.706.8893 **홈페이지** www.gobook2.com
이메일 gobookibooks@naver.com
편집 오원영, 류현수 **디자인** 김그림
디지털콘텐츠 이승연 **경영지원** 이혜련
인쇄·제책 (주)지에스테크
ISBN 978-89-6607-487-7 73810

제조자명 : (주)거북이북스 | 주소 : 경기도 고양시 덕양구 청초로 66 덕은 리버워크 A동 309호
전화번호 : 02-713-8895 | 제조국 : 대한민국 | 사용연령 : 96개월 이상 | 제조년월 : 판권에 별도 표기
주의사항 : 책의 모서리가 날카로우니 다치지 않게 조심하세요.
KC마크는 이 제품이 공통안전기준에 적합하였음을 의미합니다.

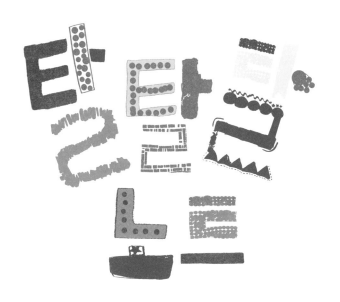

글 **임지형** 그림 **김이주**

🐢 거북이북스

마음을 빨아 주는 세탁기가
있다면 얼마나 좋을까?

저는 광주에서 살다가 2년 전 서울 합정동으로 이사 왔어요. 집 근처에 있는 '오늘'이라는 빨래방에서 이불 빨래를 하던 날이었어요. 커다란 세탁기가 빙글빙글 돌아가며 이불을 깨끗이 빨아 주는데, 제 마음도 정화되는 듯한 느낌이 들더군요. 그 순간 문득 이런 생각이 스쳤어요.

'마음을 빨아 주는 세탁기가 있다면 얼마나 좋을까?'

깨끗해진 이불처럼, 마음도 새 마음으로 돌아갈 수 있다면……! 그런 상상을 하다가 우연히 발견했어요. 창가 쪽 긴 탁자 구석에 놓인 노트 한 권을요. 호기심에 노트를 펼쳐 보았어요. 그 안에는 여러 사람의 글씨로 다양한 이야기가 적혀 있었어요. 어떤 글에는 댓글을 달아 주고 싶은 마음이 들었지요. 그래서 몇 개의 글에 댓글을 달았는데, 문득 제 마음도 남기고 싶어졌어요. 제 마음을 계속 짓누르던 고민을 그 노트에 꾹꾹 눌러 담아 써 내려갔어요.

　참 신기했어요. 속마음을 털어놓고 나니 제 마음이 한결 가
벼워진 거예요. 글을 쓰는 일은 그런 것 같아요. 마음의 먼지
를 털어 주고, 얼룩을 씻어 주며, 구겨진 마음을 반듯하게 펴
주는 것.

　그날의 경험을 바탕으로 이 이야기를 썼어요. 살다 보면 마
음에 먼지가 쌓이고, 얼룩지고, 종잇조각처럼 구겨질 때가 있
어요. 그럴 땐 마음의 세탁기 같은 '글쓰기'를 한번 해 보세요.
고민을 글로 털어놓고 나면 어느새 새 마음으로 돌아와 있을
거예요.

　이건 단순한 제 생각만이 아니랍니다. 글쓰기가 마음을 정화
하고 치유하는 데 효과적이라는 것은 과학적으로 증명된 사실
이거든요. 그러니 여러분도 나만의 '탈탈탈 노트'를 만들어 써
보세요. 반대인과 오찬성처럼 마음이 한결 환해질 거예요.

마음의 세탁기를 좋아하는 작가 **임지형**

나의 이야기를 들어줘,
마음 빨래방!

반대인! 오찬성! 이름이 주는 첫 인상이 무척 강렬했어요.

이름만큼 살아가는 환경과 성격은 다르지만 혼자일 때가 많고, 외롭고 쓸쓸한 마음은 비슷하다고 느꼈어요. 두 사람의 시점을 오가며 읽다 보니 주인공들의 감정이 더 잘 느껴져서 좋았습니다.

이야기 속 마음 빨래방에는 아주 특별한 노트가 있는데요. 마치 마법을 부린 듯 마음을 털어놓게 만드는 탈탈탈 노트가 무척 흥미로웠어요. 이웃 사람들의 이야기에 공감하고 위로하면서 아이들이 성장하고, 서로 둘도 없는 친구가 되어 가는 과정이 참 따뜻했습니다.

　그림을 그리면서 빨래방의 모습은 여러 번 바뀌었어요. 포근하면서도 편안함을 느낄 수 있는 따뜻한 공간이길 바랐지요. 집 앞의 빨래방도 이런 모습이면 어떨까 상상해 보며 수정해 나갔어요. 초록의 싱그러움이 마음 빨래방과 잘 어우러져서 좋아하는 첫 장면이 되었습니다.

　빨래처럼 마음을 탈탈탈! 털어 솔직하게 표현할 수 있는 용기를 내어 보라고 말하는 것 같습니다. 마음 빨래방에서 탈탈탈 노트를 펼쳐 보세요. 여러분도 나만의 노트를 만들고 싶어질 거예요.

그림 작가 **김이주**

이야기 순서

마음 빨래방

"대인아, 새집 어때? 손 볼 데가 좀 있기는 하지만 꽤 괜찮지?"

이삿짐 정리가 대충 끝나자 엄마가 거실 바닥에 벌러덩 누웠다. 그러고는 내게도 누우라고 손짓하며 말을 이었다.

"급하게 와서 조금 그렇긴 한데, 그래도 예전 집보다 더 넓고……."

엄마는 말을 채 끝맺지 못하고 잠들어 버렸다.

나는 노곤히 잠든 엄마 옆에 누워서 가만히 천장을 쳐다봤다. 엄마 말대로 전에 살던 집보다 확실히 넓었다. 도배를 새로 한 덕에 집은 깨끗했고, 덩달아 내 마음도 환해지는 것 같았다. 그렇지만 이런 상태도 얼마 못 갈지도 모른다. 엄마는 정리를 잘 못하기 때문이다. 그래서 늘 집 안 곳곳이 어질러져 있다. 딱 지금 내 마음처럼.

"크으응, 크으응."

엄마의 코 고는 소리가 낮게 들렸다. 확실히 피곤하긴 한 모양이다. 새벽부터 일어나 움직였으니 그럴 수밖에. 일정하게 들리는 코 고는 소리에 나도 모르게 생각에 빠져 들었다.

'클 대(大)'에 '사람 인(人)', 내 이름은 사람들을 품는 큰 사람이 되라는 의미를 담아 지었다고 한다. 큰 사람은 무슨? 난 키도 작고, 친구도 없는데 어떻게 사람들을 품으라는 거람. 이서가 보냈던 마지막 메시지가 떠올랐다.

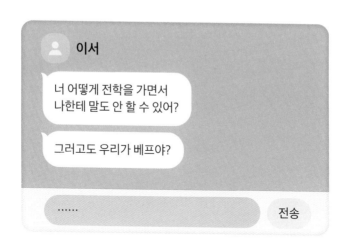

이서

너 어떻게 전학을 가면서
나한테 말도 안 할 수 있어?

그러고도 우리가 베프야?

……   전송

원망 가득했던 한마디 한마디는 시간이 지나도 마음
이 아렸다. 그 메시지에 나는 끝내 답장을 보내지 못했다.
일부러 그런 건 아니고, 그냥 그렇게 되어 버렸다.

이서는 4학년이 되고 처음 사귄 친구다. 친구 사귀는
데 늘 서툴렀던 내게 먼저 다가와 준 특별한 친구였다.
그 덕에 이서를 떠올리면 제일 먼저 떠오르는 단어가 '베
프'다. 그런데도 전학 간다는 걸 말하지 못한 건 내 마음
도 전학을 받아들일 수 없었기 때문이다.

"이서야……."

나지막이 이름을 부르자, 보고 싶은 마음이 치솟았다. 코끝도 찡했다. 새로운 학교에서 이서 같은 친구를 만날 수 있을까?

"대인아! 일어나 봐."

이서를 생각하다 까무룩 잠이 들었는데 엄마가 나를 깨웠다. 엄마는 빨랫감이 몽땅 들어 있는 바구니를 안고 서 있었다.

"세탁기가 작동이 안 되네. 요 앞에 빨래방 있던데 같이 갈래? 아니면 그냥 집에 있을래?"

잠시 고민했지만 아직 적응이 안 된 낯선 집에 혼자 있는 건 싫었다.

"같이 갈게요."

"그래? 그럼 방에 가서 네 이불도 챙겨 와."

얼른 내 방으로 들어가서 침대 위에 널브려 놓았던 이불을 챙겨 나왔다. 엄마가 큰 가방에 이불을 담았다.

골목을 빠져나오니 초록 지붕 건물이 바로 보였다. 초

록 지붕 아래에는 '마음 빨래방' 간판이 걸려 있었다. 입구에는 크고 작은 식물 화분들이 놓여 있었는데, 초록의 싱그러움에 절로 기분이 좋아졌다.

"와, 여기 빨래방 너무 좋다!"

안으로 들어가자마자 엄마가 감탄사를 내뱉었다. 그도 그럴 게 좁은 공간인데도 많은 것이 있었다. 우선 세탁기와 건조기가 각각 4대 있었고, 신발 세탁기도 있었다. 한쪽 귀퉁이엔 게임기와 아이스크림 냉장고까지 놓여 있었다. 바깥이 보이는 통 유리창 쪽엔 긴 탁자와 의자, 이동식 책꽂이가 있었다.

"흐음."

나는 숨을 길게 들이마셨다. 마치 숲속에 들어온 듯 상쾌했다.

"마음 빨래방은 향기가 독특하네. 풀잎 냄새, 나무 냄새가 나."

엄마도 나처럼 빨래방의 향이 좋은 모양이었다. 세탁

기에 넣을 동전을 바꾸면서 코를 벌름거렸다. 문득 향이란 참 신기하단 생각이 들었다. 좋은 향 덕에 한겨울 꽁꽁 얼었던 얼음이 사르르 녹듯 어느새 내 마음도 녹아 버렸다.

"대인아."

엄마가 세탁기에 빨래를 넣은 뒤 나를 불렀다.

"네?"

"엄마 잠깐 집에 좀 다녀와야겠다."

"집엔 왜요?"

내가 되묻자 엄마가 대형 세탁기 맞은편에 있는 신발 세탁기를 가리켰다.

"하는 김에 운동화도 빨려고."

"전 여기 있을게요."

"혼자 있을 수 있겠어?"

내가 고개를 끄덕이자, 엄마는 곧바로 밖으로 나갔다.

나는 세탁기 앞으로 가서 빙글빙글 돌아가는 빨래를

지켜봤다.

탈탈탈, 탈탈탈, 끼이익.

빨래방 안은 고요했다. 세탁기와 건조기 돌아가는 소리만 들렸다. 그 소리는 제법 리듬감 있었다. 그래서인지 듣고 있는 것도 나쁘지 않았다.

딸랑! 이번엔 출입문에서 소리가 났다. 한 아주머니가 이불 보따리를 가지고 들어왔다. 나는 얼른 몸을 돌려 통 유리창 쪽 긴 탁자로 가서 의자를 끌어당겨 앉았다.

'언제 가실까?'

모르는 사람과 있으려니 마음이 불편해 바깥만 쳐다봤다. 그러다 유리창에 붙은 문구에 시선이 갔다.

'탈탈탈 노트로 마음까지 깨끗이!'

긴 탁자 한쪽 구석에 초록색 노트가 놓여 있었다. 팔을 쭉 뻗어 노트를 끌어당겼다.

'탈탈탈 노트?'

첫 장을 펼치니 '마음 빨래방

손님이라면 누구나 자유롭게 글을 남기셔도 됩니다.'라
는 글이 쓰여 있었다. 호기심에 노트를 몇 장 넘겨 봤다.

기분 좋은 여름밤. 시원한 바람이 부는 여름밤은

늘 좋다. 같이 웃어요! 모두 스마일~ㅅ

누군가 낙서하듯 써 놓은 짧은 글이었다. 기분 좋은 느
낌이 전염되는지 나도 모르게 미소가 지어졌다. 이어서
페이지를 넘겼다.

다음 주에 선을 본다. 부모님이 진즉부터 말했던

자리라 나가기 싫지만 한번 만나 보기로 했다.

미국에서 산다는데, 만약 이 남자와 잘돼서

미국으로 가게 되면? 아, 모르겠다. 이게 맞나?

마음이 복잡하다. 일단 빨래나 하자.

내 마음도 새것처럼 깨끗이 빨아 주고 고민도

탈탈탈 털어 주는 세탁기 어디 없나?

두 번째 본 글은 조금 더 길었다. 내용도 처음에 봤던 것과 달리 약간 우울했다. 이사하기 싫었지만 어쩔 수 없이 이사를 온 내 마음과 왠지 비슷하게 느껴졌다. 그래서일까? 내 눈길이 그 글에 오래 머물렀다.

'한마디 남겨도 되려나? 누구나 글을 써도 된다고 했으니까……'

나는 펜을 꺼내 들었다.

⌐→ 미국이라니……. 마음이 많이 복잡하실 것 같아요. 저는 오늘 이 동네로 이사 왔어요.
이사 때문에 친한 친구랑 헤어져서 너무 슬퍼요.
여기는 마음 빨래방이니까 마법을 부리는
마음 세탁기가 있어서 고민도 슬픔도 탈탈탈
털어 주면 좋겠어요.

딱히 쓸 말이 있었던 건 아니었다. 그런데도 써 놓고 나니까 피식 웃음이 새어 나왔다. 한 번도 본 적 없는 사람한테 말을 거는 거나 마찬가지라 이런 내가 웃겼다. 그런데 신기한 건 그 이후였다. 모르는 사람인데도 마음을 담아 댓글을 남기니 내 기분이 달라졌다. 위로를 해 주고 싶었는데 오히려 위로를 받는 느낌이었다.

다시 페이지를 넘겼다. 어떤 페이지는 글 없이 그림만 있기도 하고, 어떤 페이지는 휘갈겨 써서 무슨 내용인지 알아보기도 힘들었다. 글자도 내용도 다 달랐다. 그 속에 마음 쓰이는 글이 종종 보였다.

그럴 땐 나도 모르게 과감해졌다. 한번 댓글을 달고 나니 그 이후로는 내 생각을 거침없이 쓸 수 있었다.

"대인아! 많이 기다렸지?"

엄마가 더러워진 운동화 다섯 켤레를 챙겨서 빨래방으로 들어왔다. 나는 아무 일도 없던 것처럼 노트를 덮어 슬그머니 원래 있던 자리로 밀었다.

“우리 이거 돌려 놓고 밥 먹으러 가자.”

엄마가 곧바로 운동화를 세탁기에 넣었다.

“뭐 먹을래?”

나는 잠시 머뭇거렸다. 딱히 먹고 싶은 게 떠오르지 않았다.

“아무거나요.”

“아무거나는 무슨 아무거나야? 빨리 생각해 봐. 너 어디 가서 아무거나라고 말하면 친구들이 싫어해.”

엄마가 나를 툭 치며 농담하듯 말했다. 엄마는 모를 거다. 내가 엄마 때문에, 아니 잦은 전학 때문에 친구가 없다는 걸.

'아무거나 아니어도 친구가 없어요.'

다음 날, 나는 평소보다 일찍 일어나 새로운 학교로 등교했다.

“반대인, 인사할까?”

선생님의 말에 교실이 술렁거리기 시작했다.

"반대? 뭘 반대해?"

"야야, 이름이 반대인이래."

물 만난 고기처럼 수군대던 아이들은 선생님 눈치도 살피지 않았다. 그 탓에 아이들이 내뱉는 말들은 그대로 내 귀로 들어왔다. 내 마음은 맨발로 지압 돌 위를 걷는 것처럼 점점 불편해졌다.

특이한 전학생

1학기가 얼마 남지 않았는데 한 아이가 전학을 왔다. 이름이 반대인이란다. 거참 이름 한번 독특하다. 하기야 내 이름은 오찬성이니 저런 이름이 없으리란 법도 없다. 반대인 쟤도 참 힘들었겠다. 이름 때문에 얼마나 놀림받 았을까?

지금 상황만 봐도 그렇다. 선생님이 '반대인, 인사할 까?'라고 하자, 아이들이 여기저기서 수군댔다. 얼굴이 벌게진 전학생은 어쩔 바를 몰라 허둥댔다.

"대인아! 어서 인사해야지?"

선생님이 다시 한번 채근했다. 그러자 전학생이 선생님을 돌아봤다. 하지만 돌아만 볼 뿐 입을 열 생각이 없어 보였다.

"인사, 인사해야지!"

선생님이 어설프게 미소를 지은 채 전학생을 바라봤다.

'뭐 하는 거야?'

전학생이 하라는 인사는 안 하고 선생님께 가까이 가더니 귓속말을 했다.

"그래? 정 힘들면 그렇게 해."

선생님이 한 발 뒤로 물러서며 고개를 끄덕였다. 전학생은 미리 준비해 온 종이 한 장을 가방에서 꺼냈다. 그러더니 종이에 쓴 글을 읽어 나가기 시작했다.

"안녕! 내 이름은 반대인이야. 너희들을 만나게 돼서 반가워. 내가 부끄러움이 많아서 하고 싶은 말을 써 왔어."

반 아이들의 수군대는 소리가 아까보다 더 크게 들렸

다. 나도 모르게 큭, 웃음이 나왔다. 생각보다 강적이었다. 이름만 독특하다 생각했는데 이제 보니 하는 짓도 만만치 않았다.

잠시 뒤, 전학생이 꾸벅 인사를 했다. 준비해 온 인사를 다 읽은 모양이었다. 이내 교실에는 정적이 흘렀다.

사실 이런 경험은 나뿐만 아니라 반 아이들한테도 생소했다.

정적을 깬 건 선생님이었다. 선생님은 우리들을 향해 손뼉 치는 시늉을 했다. 반 아이들은 선생님을 따라 손뼉을 치기 시작했다. 하지만 아이들의 수군거림은 그 뒤로도 이어졌다.

"와, 쟤 진짜 특이해. 인사를 써 와서 읽다니."

"이름이 특이해서 그런가 하는 짓도 되게 특이하네."

역시 다른 아이들도 나와 생각이 비슷해 보였다. 누가 봐도 특이한 건 특이한 거니까. 전학생이 인사를 하고 나자 선생님이 교실을 휘 둘러봤다. 먼저 바깥 창 쪽을 시작으로 가운데를, 그다음 내가 앉아 있는 복도 쪽을 쳐다봤다.

"자, 어디에 앉을까?"

내 옆자리가 비어 있었지만 걱정은 하지 않았다. 선생님이 내 옆자리에 전학생을 앉힐 것 같지는 않았다. 왜냐

하면 짝 없이 혼자 앉게 해 달라고 엄마가 특별히 선생님께 부탁했기 때문이다.

"아, 저기 찬성이 옆자리가 좋겠구나."

하지만 내 예상은 빗나갔다. 선생님은 다른 사람이 아닌 내 이름을 말했고, 손으로 내 옆자리까지 가리켰다.

"대인이는 저 자리로 가서 앉으렴."

"그럼 안 될 텐데."

뒷일이 걱정스러워서 나도 모르게 중얼거렸다. 그러자 그 소리를 귀신같이 들은 앞자리 태웅이가 뒤돌아보며 한마디했다.

"야, 오찬성. 넌 반대하면 안 되지!"

태웅이의 외침에 아이들이 동시에 웃음을 터트렸다. 그러고는 모두가 한마음으로 놀려댔다.

"와, 오찬성과 반대인. 너무 잘 어울리는 커플 아니야?"

"찬성과 반대라! 재밌다, 진짜."

"조용히 해!"

짜증이 왈칵 치솟은 나는 버럭 소리를 질렀다.

"자자, 조용히 하고 수업 준비합시다."

선생님이 칠판을 두드리며 아이들을 진정시켰다. 그사이 전학생은 느릿느릿 내 옆자리로 와서 앉았다. 결국 내 짝꿍이 되고 말았다.

1교시는 순식간에 끝났다. 내 기분은 여전히 별로였다. 아이들은 전학생이 궁금한지 내 자리로 몰려왔다. 수군대며 놀릴 땐 언제고 살갑게 굴며 질문을 쏟아 냈다. 나

는 아이들과 대인이가 하는 말에 관심 없는 척하며 가만히 엎드려 있었다. 그런데 이 녀석들 생각보다 많이 유치했다. 질문하는 수준이 유치원생보다 더했다.

"너 왜 이름이 반대인이야? 혹시 너 뭐든 막 반대하고 그래?"

아이쿠, 머리야! 이것도 질문이라고 하다니. 그럼 내 이름은 늘 찬성만 해서 오찬성인 거냐? 나는 속으로 구시렁대면서 계속 아이들의 대화를 엿들었다. 재밌는 건 전학생 반대인의 반응이었다. 아이들이 온갖 질문을 해대도 대답은 두 가지 중 하나였다.

'응.'

'아니.'

나도 모르게 고개를 들어 반대인의 얼굴을 쳐다봤다. 귀찮게 짝꿍이 생겼단 생각에 떨떠름했는데 지금은 오히려 호기심이 일었다. 대인이의 대답은 두 가지였으나 표정은 딱 하나였다. 무, 표, 정!

'얘도 친구가 없겠구나.'

절로 이 생각이 들었다. 왠지 대인이와 통하는 게 있을 것 같은 느낌이 들었다.

사실 난 친구가 없다. 아니, 친구 사귈 생각이 없다는 게 더 정확하다. 이런 마음이 든 건 순전히 엄마 때문이다.

"커서 성공하려면 어렸을 때부터 친구를 잘 사귀어야 하는 거야. 혹시 친해지고 싶은 아이가 있으면 엄마한테 먼저 말해. 엄마가 보고 결정할 테니까."

내 기억으로 아마 유치원 때부터였던 것 같다. 엄마는 툭하면 나를 붙잡고 이 말을 했다. 그럴 때마다 나는 알았다는 뜻으로 고개를 끄덕였다. 엄마 말을 듣지 않고 내 맘대로 했다가 불상사가 생긴 게 한두 번이 아니었기 때문이다.

"선생님! 우리 찬성이는 귀하게 자란 애예요. 근본도 모르는 애와 어울리면 아주 곤란해요."

엄마는 내가 새로운 친구와 놀고 있으면 당장에 선생

님께 이런 말을 했다. 집으로 돌아오면 나는 또 엄마의 설교를 들어야 했다. 그게 무한 반복됐고, 난 포기하기로 했다. 엄마 마음에 드는 친구를 사귀는 건 밤하늘의 별을 따는 것만큼이나 힘든 일이었다. 무엇보다 내가 엄마의 보람이며 미래라니 내 맘대로 할 수 있는 게 하나도 없었다.

그런데 대인이에게서 내가 보였다. 나만큼이나 외로울 수도 있겠단 생각이 들었다.

'그나저나 대인이 쟤는 자꾸 뭘 쓰는 걸까?'

반대인은 말 대신에 쓰는 걸 선택한 사람처럼 종일 말 한마디 안 하는 대신에 계속 글을 썼다.

'손도 안 아픈가? 아니 쓸 게 그렇게 많나? 참 나, 애 진짜 골 때리네.'

대인이를 지켜보느라 하루가 금방 갔다.

하교 시간, 신발을 신기 위해 숙였던 허리를 들었다.

띵! 휴대폰 알람이 울렸다.

'운동화 끈은 그렇게 묶지 말라고 했을 텐데! 엄마가 가르쳐 준 거 생각 안 나?'

엄마가 보낸 메시지였다. 순간 너무 놀라 주변을 휙휙 돌아봤다. 나는 어딘지 모를 곳에서 지켜보는 엄마 때문에 쭈그려 앉아 신발 끈을 다시 묶었다.

'다 묶었으면 교문 앞으로 빨리 나와.'

또 다시 메시지가 들어왔다. 숨이 턱턱 막혔다. 하지만 아무런 티를 내지 않고 천천히 걸어 교문으로 나갔다.

엄마는 교문 앞에 차를 세우고 안에서 나를 기다리고 있었다. 조수석 문을 열고 앉으려 하자, 엄마는 들고 있던 쌍안경을 뒷좌석으로 던졌다. 역시 그랬다. 한동안은 교문 앞으로 찾아오지도 않고, 쌍안경으로 감시하지도 않는 것 같더니 또 다시 시작된 모양이었다.

　"오늘 영어 레벨 테스트 중요한 거 알지?"

　"네."

　"대답이 왜 그래?"

　"뭐가요?"

　내 태도가 못마땅한지 엄마는 말없이 뚫어져라 쳐다봤다. 나는 얼른 시선을 내리깔았다.

나야말로 불만투성이었지만 아무 소리 하지 않았다. 행여 한마디라도 보태면 이야기가 길어질 테니까.

　"실수 없이 잘 해. 레벨 테스트 끝나면 바로 수학 학원으로 가고."

　엄마는 딱 할 말만 하고 차를 움직였다. 나는 창밖으로 시선을 돌렸다. 그제야 꽉 막힌 속이 뚫렸다. 엄마 옆에 있느니 차라리 학원이 백 배 나았다.

　새로운 영어 학원에서는 비교적 수월하게 레벨 테스트를 마쳤다. 아마 내일부턴 이 학원으로 다닐 것 같다. 어차피 지금 다니는 수학 학원과 가까워 어떤 면에선 낫기도 했다.

　테스트가 일찍 끝난 덕에 조금 여유가 있어서 천천히 주변을 구경하며 걸었다. 매일 다니던 거리인데도 오늘따라 새롭게 보였다. 미용 재료 가게, 잡화점, 휴대폰 대리점, 부동산 그리고⋯⋯.

　'마음 빨래방?'

초록 지붕 아래 달린 간판이 눈에 들어왔다. 앞면이 통유리로 되어 있어 빨래방 내부가 훤히 보였다. 푸릇푸릇한 식물이 많긴 했지만 별다를 것 없는 그냥 빨래방이었다.

"어? 쟤는?"

어디서 많이 본 아이가 빨래방 안을 기웃거리고 있었다. 전학생이었다.

"저기서 뭐 하는 거지?"

나는 반대인의 모습을 바라보며 중얼거렸다. 어른들이 주로 이용하는 빨래방에 무슨 볼일이 있는 건지 의아했다.

'하여튼 쟨 하나부터 열까지 특이한 애야.'

아침에도 느꼈던 건데 또 한 번 느끼게 되자 호기심이 더욱 커졌다. 얼른 시간을 확인했다. 시간이 별로 없었다. 발걸음이 떨어지지 않아 잠시 망설였다. 서 있던 자리에서 학원으로 가는 방향과 마음 빨래방 입구를 번갈아

처다봤다.

"에잇, 그냥 가자."

어쩔 수 없었다. 자칫 수학 학원에 늦기라도 하면 큰일

이었다. 학원에서 엄마한테 전화할 거고, 엄마는 오히려
학생 관리를 제대로 안 하냐고 학원에 따질 터였다. 나는
발걸음을 재촉했다.

댓글과 댓글

역시 전학은 힘들다. 4학년인데 벌써 전학이 두 번이라니, 한숨이 절로 나왔다. 가뜩이나 친구 사귀는 것도 힘든데, 그것보다 더 힘든 건 등교 첫날 반 아이들 앞에서 자기소개를 해야 할 때다. 수십 개의 눈이 끔뻑거리며 나를 쳐다보면 얼굴부터 발갛게 달아올랐다. 머릿속이 새하얘지며 도무지 입이 떨어지지 않는 거다.

고민 끝에 내가 생각해 낸 방법은 글로 써 가서 읽는 거였다. 나는 말하는 것보다 글을 쓰는 게 더 편했다. 생각을 말로 표현하려면 한참이 걸렸지만 글은 술술 써졌다. 게다가 말할 땐 사람들의 눈을 봐야 하지만, 글을 쓸 땐 굳이 그럴 필요가 없어서 좋았다.

"와, 쟤 진짜 특이해. 인사를 써 와서 읽다니."

그러나 소개를 읽는 내내 아이들 사이에서 이런 말들이 오갔다. 예상했던 일이라 딱히 신경 쓰이진 않았다.

첫인사라는 큰 산을 넘은 뒤 내가 앉을 자리로 갔다. 내 자리는 오찬성이라는 아이 옆이었다. 내 이름과 비교되는 이름이라 속으로 웃음이 났다. 하지만 절대 티는 내지 않았다.

반 아이들이 쉬는 시간마다 내 자리로 왔지만, 나는 짤막하게만 답했다. 아직 아이들과 자연스레 이야기를 주고받는 게 어색했다. 그 대신, 하고 싶은 말이나 생각을 노트에 썼다. 그거라도 안 하면 답답해서 견딜 수가 없으니까. 점차 아이들이 내 자리로 오는 일이 줄어들었다. 문제는 짝꿍인 오찬성이었다. 말은 한마디도 하지 않으면서 자꾸만 힐긋힐긋 쳐다봤다. 나한테 뭐 할 말이 있는 건지 궁금했지만 물어보진 않았다.

수업을 마치고 곧장 집으로 향했다. 집 앞까지 왔지만, 생각을 바꿔 집 근처 어린이 공원으로 향했다. 나는 그늘이 지는 등나무 아래 벤치로 가 앉았다. 역시 한낮이라 아이들은 없었다. 한참을 그 자리에 앉아서 드문드문 오가는 사람만 구경했다. 그러다 무심코 빨래방 간판이 눈에 들어왔다. 혹시 어제 내가 써 놓은 댓글을 누가 봤을까? 나는 벤치에서 벌떡 일어나 빨래방으로 갔다.

> └→ 댓글 감사합니다. 힘이 나네요.
> 이사 때문에 친구와 헤어졌다니 안타까워요.
> 이렇게 따뜻한 댓글을 달아 주는 마음씨 착한
> 친구라면 이곳에서도 좋은 친구를 사귈 수 있을
> 거예요. 우리 동네에 온 걸 환영해요!

"댓글이 달렸어!"

내가 써 놓은 댓글 아래로 줄줄이 댓글이 이어졌다. 그다음 글에도 또 다음 글에도. 보는 페이지마다 댓글들이 달려 있는 걸 보니 신기했다. 댓글을 달아 준 사람들이 누군지는 몰라도 그 마음들이 보였다. 서로가 서로를 걱정해 주고 위로해 주는 예쁜 마음들이 모여 빨래방을 더욱 포근하게 만들었다. 빨래방을 가득 채운 상쾌한 향이 코끝으로 스며들었다.

"흐음, 향 좋다."

나는 코를 벌름거리며 볼펜을 손에 쥐었다. 당장 뭔가를 쓰고 싶었다. 댓글만 읽기엔 내 손이 너무 근질거렸다.

┗→ 마음 빨래방에만 오면 **마법처럼** 기분이 좋아져요. 이사 오기 정말 싫었는데, 벌써 이 동네가 점점 좋아지고 있어요. **탈탈탈 노트 덕분이에요.**

댓글을 쓰고 나자 마음이 흐뭇해졌다. 역시 나는 말하는 것보다 글쓰기가 편했다. 그런 면에서 마음 빨래방은 내 취향에 꼭 맞았다. 생각지도 않게 노트가 있어 이렇게 수시로 내 마음을 표현할 수 있으니까. 처음엔 쓸까 말까 무척 고민했는데 쓰길 잘했다는 생각이 들었다. 내가 댓글을 남긴 이후로 다른 사람들도 댓글을 남기기 시작했다. 꼬리에 꼬리를 물고 달릴 댓글들이 점점 기대됐다.

빨래방을 나와 천천히 집으로 향했다. 아직 동네 풍경이 익숙하지 않아 계속 두리번거리며 걸었다. 더딘 걸음이지만 발걸음만은 새털처럼 가벼웠다. 겨우 며칠 지났지만 이 동네가 마음에 들었다. 그게 다 마음 빨래방 덕분이었다.

횡단보도 앞에 이르렀다. 오늘따라 햇살이 뜨거워서 그런지 거리에 사람들이 보이지 않았다. 신호등이 바뀌길 기다리다가 무심코 전봇대를 쳐다봤다.

아리를 찾습니다!

믹스견 / 5살 / 암컷 / 7kg

발과 꼬리는 흰색, 한쪽 귀 살짝 접힘.
다리가 짧고 몸통이 김. 목걸이와 내장칩 있음.
겁이 많은 편이라 도망갈 수 있으니
발견 즉시 전화해 주세요.
010-1234-5678

※찾으면 전단지는 직접 수거하겠습니다.

거기에 똑같은 전단지 두 장이 나란히 붙어 있었다.

"강아지 주인 되게 마음 아프겠다."

나도 모르게 혼잣말을 중얼거렸다. 주인의 마음을 너무 알 것 같았다. 나도 고양이를 키웠었다. 전에 살던 집으로 이사하던 날, 짐을 나르고 있는데 캐리어 안에 있던 고양이가 놀라서 도망을 간 것이다.

온 동네를 돌아다녔지만 찾지 못했다. 그 뒤로 틈만 나면 동네 구석구석 고양이가 갈 만한 곳을 뒤졌지만 결국 못 찾았다. 그때 그 기억 때문인지 이사하는 게 너무 싫었다. 속 얘기를 털어놓을 수 있는 유일한 친구이자 가족이었던 고양이까지 잃은 건 두고두고 슬픈 일이었다.

무심코 본 전단지가 마음에 묻고 지냈던 고양이를 떠오르게 해 발걸음이 떨어지지 않았다. 마음이 몹시 쓰였다. 강아지를 잃어버린 주인을 돕고 싶었다.

"내가 찾아 주고 싶지만……."

쉽지 않은 일이었다. 무슨 뾰족한 수가 없을까 고민해

봐도 달리 방법이 없었다. 그래도 뭐든 해 보자 싶었다. 가방 안에서 필통을 꺼냈다. 진하게 글씨가 나오는 사인 펜을 하나 들었다.

> ※찾으면 전단지는 직접 수거하겠습니다.
>
> 아리는 어딘가에 잘 있을 거예요.
>
> 꼭 아리를 찾으시길 바랄게요.
>
> 찾으실 수 있을 거예요.

전봇대에 붙은 전단지에 한 글자 한 글자 쓰려니 조금 불편했다. 글씨가 삐뚤빼뚤 제멋대로 써졌다. 그래도 하고 싶은 말을 끝까지 다 썼다.

"휴, 꼭 찾았으면 좋겠다."

전단지를 붙인 사람이 이걸 읽을지 모르겠지만 조금이나마 위로가 되었으면 했다. 댓글이라도 쓰고 나니 기운이 나서 가방을 멨다. 신호등 파란불이 깜박거려 횡단보도 쪽으로 잽싸게 걸었다. 그러나 곧 우뚝 멈춰 서고는 다시 몸을 돌려 전봇대로 돌아왔다.

전단지 두 장 중 한 장을 떼어 내 손에 꼬옥 쥐었다. 그러곤 얼른 길을 건너려고 했지만 신호등은 어느새 빨간 불로 바뀌어 있었다.

"에잇, 늦었다."

건너지 못했지만 그래도 괜찮았다. 다음 번 신호에 가면 되니까. 그렇게 생각하며 전단지 쪽을 다시 한번 돌아봤다. 전단지 속 아리가 나를 보고 '왈왈' 짖는 것 같았다. 어서 아리가 주인의 품으로 돌아갔으면 하는 마음이 더욱 간절해졌다.

비밀스러운 취미

수학 학원 수업을 마치고 집으로 돌아가는 길이었다. 자꾸만 마음 빨래방 쪽으로 눈길이 갔다.

'대인이는 저기에 왜 간 걸까?'

아무리 생각해도 빨래하러 가는 건 아닌 듯했다. 나는 집으로 가려던 발걸음을 돌려 빨래방으로 가 문을 젖혔다.

빨래방엔 처음 와 봤다. 우리 집에는 세탁기와 건조기가 다 있어서 굳이 빨래방을 이용할 필요가 없었다.

마음 빨래방은 생각보다 작고 아담했다. 그런 곳에 세탁기와 건조기가 여러 대 있는 게 놀라웠다. 심지어 한쪽엔 게임기와 아이스크림 냉장고도 있었다.

"아이스크림이다! 반대인도 이거 때문에 온 건가?"

내 두 발이 자동으로 아이스크림 냉장고로 향했다. 냉장고 안을 들여다보니 내가 제일 좋아하는 수박맛바가 바로 보였다. 침이 꼴깍 넘어갔다. 얼른 가방 안에서 지갑을 꺼냈다.

'아이스크림이 몸에 얼마나 안 좋은 줄 알아? 설탕 덩어리야. 절대 사 먹지 마! 알겠지?'

계산하려는데 평소 엄마가 했던 말이 귓가에서 쟁쟁거렸다. 엄마는 내가 인스턴트 음식 먹는 걸 싫어한다. 그중에 아이스크림은 유독 질색했다. 그렇게 된 데는 다 이유가 있었다. 1학년 때였다. 엄마 몰래 문구점에서 아이스크림을 사 먹었는데 그게 문제가 됐다. 배탈이 나 버린 것이다. 그것 때문에 이틀을 결석해 엄마는 엄청 화를 냈다.

휙휙, 나도 모르게 빨래방 안을 빠르게 둘러봤다. 통유리 창이라 바깥이 훤히 보였다. 엄마가 있을 턱이 없는데도 몸이 저절로 반응했다. 그리고 나니 스스로도 어이가 없어 피식 웃었다. 수박맛바를 한 입 베어 물었다. 입안에서 살살 녹았다.

"역시 이 맛이야."

오랜만에 먹는 아이스크림 맛은 끝내 줬다. 머릿속에서 폭죽이 팡팡 터지는 것 같았다. 이렇게 맛있는 걸 엄마는 왜 그렇게 못 먹게 하는지 모르겠다. 어른이 되면 매일 아이스크림 세 개씩 먹을 거다.

"큭큭큭."

어른이 되면 아이스크림도 과자도 마음대로 먹을 수 있을 것 같아 절로 웃음이 나왔다. 혼자라 맘껏 큰 소리로 웃다가 무심코 긴 탁자 위를 쳐다봤다.

'어라? 저건 뭐야?'

초록색 노트 한 권이 있었다. 나는 아이스크림을 입에

역시 이 맛이야.

물고 노트를 집어 들었다.

"탈탈탈 노트?"

고개를 갸웃거리며 페이지를 넘겼다.

> 누가 커피를 주기에 날름 받아먹었더니 잠이
> 안 온다. 그래서 새벽 두 시에 빨래하러 왔다.
> 누가 보면 미쳤다고 할지도 모르겠다.
> 빨래가 세탁기 속에서 뱅글뱅글 돌아간다.
> 그렇게 얼룩이 씻겨 나가고 있다.
> 세탁기야, 내 마음도 좀 씻겨 주라!

"뭐야? 이건?"

탈탈탈 노트엔 마치 일기장처럼 온갖 이야기가 쓰여 있었다. 그것도 한 사람이 아니라 여러 사람이 쓴 거였다. 글씨도 내용도 페이지마다 다 달랐다. 이곳에 빨래하러 온 사람들이 기다리다가 써 놓은 게 틀림없었다. 한 장

한 장 넘기는데 은근히 읽는 재미가 있었다. 그런데 어떤 글에는 댓글이 달려 있었다. 삐뚤빼뚤, 누가 봐도 내 또래가 쓴 글씨였다.

↳ 마음이 꿀꿀할 땐 돼지바를 드세요. 꿀꿀! 🐷

"푸하하! 앤 진짜 초딩이네. 도대체 누구야?"

말하고 보니 갑자기 얼굴 하나가 떠올랐다. 반대인이었다. 나는 혹시나 하는 마음으로 대인이가 썼을 법한 글을 찾아봤다. 생각보다 대인이는 여기저기 댓글을 많이 달아 놓았다. 좀 전에 써 놓은 장난스러운 글도 있었지만 몇 개의 댓글은 제법 진지했다. 교실에선 겨우 대답만 하던 애가 이런 글을 썼다는 게 믿기지 않았다.

"이야, 반대인이 이런 비밀스러운 취미를 갖고 있었단 말이지?"

갑자기 호기심이 확 일었다. 이 댓글을 대인이가 썼는

지 아닌지 확인해 보고 싶은 마음이 들었다.

'근데 뭐라고 쓰지?'

막상 쓰려니 쓸 말이 생각나지 않았다. 역시 나는 글쓰기는 꽝이었다. 글을 쓰려면 생각을 해야 하는데 무엇을 어떻게 생각해야 할지 막막했다.

"아!"

번뜩 장난 반 진심 반으로 쓰고 싶은 게 떠올랐다.

공부 안 하고 시험 잘 볼 수 있는 방법은 없나요?

"킥킥."

내가 써 놓고도 너무 기발한 질문 같아 웃음이 절로 나왔다. 이 질문에 대인이가 댓글을 달아 줄까? 만약 달아 준다면 어떻게 달아 줄까? 어떤 내용을 쓸까 고민됐는데, 막상 쓰고 보니 이제는 어떤 댓글이 달릴까 궁금해졌다.

다 먹은 아이스크림 막대기를 쓰레기통으로 던졌다. 툭! 쓰레기통에 부딪혀 막대기가 바닥으로 떨어졌다. 주워야 하나? 잠깐 생각했지만 귀찮았다. 그대로 뒤돌아섰다. 흐읍, 숨을 한 번 깊게 들이쉬었다. 빨래방 안에 가득했던 상쾌한 향이 콧속으로 스며들었다.

나는 출입문을 힘차게 밀고 밖으로 나갔다.

반대인 이야기

글은 힘이 세다

"왜 자꾸 남의 집 앞에 차를 대는 거여? 내가 대지 말라고 몇 번이나 말해?"

막 골목 안으로 들어섰을 때였다. 머리가 희끗희끗한 할머니가 청년에게 소리쳤다.

"제가 여기에다 계속 댔다고요? 아닌데요?"

"아니라고? 내가 다 봤어. 여기 여자 친구 집에 올 때마다 대는 거 아니여?"

"매번 여기에 대는 건 아니라고요!"

청년은 억울하다는 듯 토로했다. 하지만 어쩐 일인지 할머니는 청년의 말은 귓등으로도 안 들었다.

"꼭 못 배운 것들이 거짓부렁으로 얘기하지."

할머니의 말에 청년은 몹시 화가 난 듯 얼굴이 붉으락 푸르락했다.

'아, 어쩌지?'

나는 이러지도 저러지도 못하고 멈춰 섰다. 집으로 가려면 두 사람을 지나쳐야 하는데 눈치가 보여 갈 수가 없었다. 싸움이 금방 끝날 것 같지 않았다.

"할머니, 왜 자꾸 저한테만 그러세요? 저 아니라고 몇 번이나 말해요."

청년이 돌아섰다. 기회는 이때다 싶어 얼른 두 사람 곁을 지나갔다. 등 뒤에선 할머니가 골목을 빠져나가는 청년에게 욕설을 퍼붓는 소리가 들렸다.

나에게 하는 말이 아닌데도 기분이 좋지 않았다. 서로 조금만 다정하게 말할 수는 없을까? 마음 빨래방의 탈탈탈 노트에는 다정하게 주고받은 댓글들로 늘 온기가 가득했다. 노트에서처럼 서로 상대방의 마음을 헤아려 보고 말하면 좋을 텐데 하는 생각이 들었다.

무사히 빌라 공동 현관 앞에 이르렀을 때 안도의 한숨이 나왔다. 더 이상 싸우는 소리는 안 들렸다. 대신 어디선가 다른 소리가 들렸다.

둥둥 다다다. 두두둠. 둥둥 다다다.

음악 소리였다. 요란한 드럼 소리가 귀청을 때렸다. 나는 주변을 휘 둘러봤다.

쿵쿵쿵! 쾅쾅! 쿵쾅!

소리는 점점 더 커졌다. 하지만 그 소리가 어디에서 나오는지 알 수가 없었다.

"아, 오늘 무슨 날인가?"

방금 전 할머니와 청년이 싸우는 소리도 간신히 견뎠는데, 이젠 시끄러운 음악까지. 나는 인상을 한 번 팍 쓰고 빌라 안으로 들어갔다.

음악은 집 안으로 들어가서도 계속 들렸다. 내 방으로 들어가 창문을 열었다. 골목 안에 있는 빌라들을 훑어봤다. 어디에도 창문을 열어 놓은 곳은 없었다. 맞은편 주택도 옆 빌라도 아니었다. 다시 귀를 기울여 소리의 방향을 가늠해 봤다. 아무래도 우리 집 위층에서 나는 소리 같았다.

나는 창문을 닫고 주방으로 갔다. 배가 살짝 고파서 막 냉장고 문을 열었는데 내 휴대폰이 울렸다.

"아들! 학교는 갔다 왔어?"

"네."

"어디야?"

엄마는 뻔한 질문을 해 놓고 '집이지?' 물었다. 알면서 왜 묻는지 이해할 수 없었다.

"네."

내 대답에 엄마가 곧바로 뭐라고 말을 했다. 하지만 아까보다 더 크게 들리는 음악 소리 때문에 무슨 말인지 알아들을 수가 없었다. 게다가 느닷없이 비행기 굉음 소리까지 겹쳤다. 귀가 먹먹해졌다. 잠시 가만히 있는데 엄마가 큰 소리로 물었다.

"왜 이렇게 시끄러워?"

"비행기 때문에 그래요."

"아, 난 또…… 무슨 일 있는 줄 알았잖아. 대인아! 집에 혼자 있는 거 괜찮아?"

엄마가 걱정스러운 목소리로 물었다.

"그냥…… 괜찮아요."

나는 엄마를 안심시키기 위해 대충 둘러댔다.

"엄마 일 끝나면 바로 갈 테니까 어디 가지 말고 숙제하고 있어. 냉장고에 간식 있으니까 챙겨 먹고."

엄마는 몇 가지 더 당부하고서는 전화를 끊었다. 냉장고 안엔 내가 좋아하는 바나나 우유와 샌드위치가 있었다. 바나나 우유와 샌드위치를 꺼내 단숨에 먹어 치웠다. 그때 음악 소리가 또 들렸다. 이맛살이 절로 찌푸려졌다.

쿵쿵쿵. 쾅쾅쾅.

"아, 너무하네."

나는 정확히 어딘지도 모르면서 거실 천장을 노려봤다. 그래 봤자 음악 소리가 멈추는 것도 아닌데 말이다.

"에잇!"

벌떡 일어나 그대로 집을 나섰다. 계속 있다간 짜증만 날 것 같았다.

한달음에 나와 어린이 공원 쪽으로 갔다. 햇빛이 쨍쨍해 무척 더웠다. 그래서인지 공원엔 오늘도 사람이 없었다. 등나무 아래 벤치에 할아버지 한 분만 계실 뿐이었다.

나는 공원 중앙에 있는 미끄럼틀로 갔다. 미끄럼틀은 예전 동네에서 보던 것과 달랐다. 지붕도 있었고, 워터파크에서 본 원통이 꼬불꼬불 길게 이어져 있었다. 같이 놀 사람이 없어도 재미있을 것 같았다.

"와!"

나는 몇 번이고 미끄럼틀을 탔다. 그사이 할아버지는

어디로 가셨는지 보이지 않았다. 땀이 뻘뻘 날 만큼 미끄럼을 탄 나는 아까 할아버지가 계셨던 벤치로 갔다.

"이건 뭐지?"

벤치에 앉으려는데 하얀 종이가 보였다. 누가 흘리고 갔나 싶어 주우려는데 양쪽을 테이프로 붙여 놨다.

> 오늘 하루 어땠나요?
>
> 혹시 힘들었나요?
>
> 지금 많이 힘들다면
>
> 최선을 다해 잘하고 있는 거예요.

　누가 둔 걸까? 나도 모르게 공원 주위를
두리번거렸다. 아무도 없었다. 종이 양쪽에
야무지게 테이프가 붙어 있는 걸 보면
일부러 남겨 둔 응원의 메시지였다.
　나는 다시 글을 읽어 보았다.
한 번, 두 번 그리고 세 번째
읽는데 마음이 이상해졌다.
　'나 잘하고 있는 건가?'

새로운 동네에 와서 힘들 텐데 잘 적응하고 있다고 누군가 내 어깨를 다독여 주는 것 같았다.

"말은 힘이 셉니다. 그리고 글은 더 힘이 셉니다."

별안간 예전에 다녔던 독서논술 선생님이 했던 말이 스쳐 지나갔다. 그땐 한 귀로 듣고 한 귀로 흘렸는데 오늘은 그 말이 새롭게 다가왔다.

"글은 힘이 세다……. 마음 빨래방에 가 볼까?"

누군지는 알 수 없지만 위로를 받고 나니 가만히 있을 수 없었다. 당장이라도 내가 받은 마음을 또 다른 누군가에게 나누고 싶어졌다.

씨씨티비 엄마

"오찬성! 왜 이렇게 늦었어?"

현관의 센서 등이 켜지자마자 엄마의 목소리가 화살처럼 날아들었다. 화들짝 놀라 몸이 움찔댔다.

"30분이나 늦었네. 어디에서 뭐 하다 온 거야?"

엄마가 손목시계를 한 번 보고는 내게 물었다. 순간 머릿속이 하애졌다. 뭐라고 말하지? 속으로 쩔쩔 매다가 겨우 입을 뗐다.

"저…… 저기 그러니까……."

"시간을 아끼라고 했지? 지금 허투루 보내는 몇십 분이 쌓이고 쌓여서 네 인생을 좌우한다고 몇 번이나 말하니?"

잔소리가 쏟아졌지만 속으로 잘됐다 싶었다. 애써 둘러댈 말을 만들 필요가 없어졌기 때문이다. 이제부터 내가 할 일은 고개 숙이고 가만히 있는 것뿐이었다. 조용히 엄마 말이 끝나기를 기다리면 된다.

"식탁에 챙겨 놓은 거 얼른 먹어. 곧 과외 선생님 오실 거야."

"네."

"예습은 했니?"

"네?"

엄마의 눈빛이 말보다 빨리 움직였다. 스캔하듯 내 표정부터 몸짓까지 단번에 살폈다.

"해, 했어요."

사실 예습 같은 건 하지 않았다. 하지만 솔직히 말했다간 또다시 잔소리 폭탄이 터질 게 분명했다.

"알겠어. 얼른 손 씻고 밥 먹어."

엄마가 거실 소파로 가 앉았다. 그러고는 곧장 휴대폰으로 누군가에게 문자를 보냈다. 설마 학원으로 연락하는 건 아니겠지? 걱정이 돼 엄마를 바라보는데 그건 아닌 모양이었다. 나는 주춤주춤 엄마 눈치를 보면서 욕실로 갔다.

"휴!"

손을 씻고 거울을 보는데 한숨이 절로 나왔다. 어디서나 지켜보고 있는 듯한 씨씨티비 같은 엄마 때문에 숨통이 막혔다. 나가 놀지도 못하고, 음악도 못 듣고, 게임도 못 하고, 가만히 책상에 앉아 공부만 해야 하는 게 정말이지 너무 힘들었다. 그렇다고 이런 하소연을 들어 줄 친구가 있는 것도 아니었다.

"아아!"

나는 머리를 감싸 쥐고 좌우로 흔들었다.

별안간 빨래방에서 나올 때의 대인이 얼굴이 떠올랐

다. 학교에서는 늘 무표정이었으면서 그때는 살며시 미소
짓고 있었다. 혼자였지만 전혀 외로워 보이지 않았다. 걔
는 왜 그렇게 편안해 보였을까? 친구가 없는 건 똑같은데
말이다.

　그날 밤, 늦은 시간까지 잠이 쉬이 오지 않았다.
피곤해서 눈꺼풀이 무거운데도 잠은 오지
않고, 가슴엔 쇳덩어리라도 들었는지
무척 무겁게 느껴졌다. 겨우 30분
늦었는데 매서운 눈초리로 나무라던
엄마 얼굴이 떠올랐다. 한두 번 있는
일도 아닌데 새삼스럽게 엄마가 했던
말이 자꾸 곱씹어졌다.

　빨래방만 들르지 않았어도 엄마한테
혼날 일은 없었을 거다. 그래도 후회가
되지는 않았다. 잠깐이지만 그곳에 있을 때
분명 즐겁고 마음이 편했다. 맞다, 탈탈탈 노트!

탈탈탈 노트를 떠올리자 스프링처럼 내 몸이 튀어 올랐다. 나는 곧장 책상으로 가 노트 한 권을 꺼냈다. 아까 빨래방에선 쓸 말이 없었는데 지금은 아니었다. 뭐라도 속에 있는 걸 꺼내 마구 쓰고 싶었다. 아니 쓰지 않으면 잠을 잘 수가 없을 것 같았다.

노트를 펼쳐 놓고 한참을 들여다봤다. 금방이라도 넘치게 써 내려 갈 수 있을 줄 알았는데 글이 영 써지질 않았다. 결국 한 문장도 채 완성하지 못했다. 텅 빈 노트가 유난히도 넓어 보였다. 답답한 마음을 이기지 못하고 애꿎은 노트에 선만 찍찍 그었다. 계속 덧칠하고 덧칠하다 어느 새 까맣게 칠해진 페이지를 보자 꼭 내 마음 같았다. 차라리 구겨 버리면 시원해질까?

나는 낙서로 더럽혀진 노트를 멍하니 바라봤다. 빨래방에 있던 노트엔 글들이 가득했다. 아니, 관심과 응원이 가득했다. 사람들은 그 노트에 자기 속마음을 잘만 쓰던데 왜 나는 그러지 못할까? 또 다시 그곳을 드나들던 반대인이 생각났다. 전학 첫날부터 자기소개를 글로 써 와서 읽던 특이한 녀석.

며칠이 지났다. 나는 매일 슬쩍슬쩍, 안 보는 척 몰래 대인이를 지켜봤다. 대인이는 여전히 말이 없었다. 말하는 걸 싫어하는 것 같았다. 대인이가 겨우 몇 마디 하는 건 아이들이 말을 걸 때뿐이었다. 마지못해 대답만 간신히 한다고나 할까?

반 아이들이 점차 대인이한테 관심을 거두는 것도 무리는 아니었다. 그렇다고 나까지 그러고 싶진 않았다. 하지만 아무리 관심을 가져 보려 해도 말 없는 아이에게서 나오는 건 아무것도 없었다. 결국 지켜보던 나도 거의 포기 상태에 이르렀다.

심심했다. 내가 엄마의 감시에서 벗어날 수 있는 곳은 교실밖에 없는데, 이렇게 보낼 수는 없었다. 순전히 심심풀이로 쉬는 시간마다 친구들에게 장난을 치기 시작했다.

"태웅아!"

나는 앞자리에 앉은 태웅이의 어깨를 톡톡 치며 불렀다. 태웅이가 뒤돌아보면 연필을 딱 코앞으로 내밀었다.

"앗, 뭐야?"

역시나 태웅이는 깜짝 놀라 움찔했다.

"놀랐냐? 크크크."

"뭐냐? 진짜."

그런 태웅이의 모습이 재미있었다. 발동이 걸린 나는 태웅이가 잊을 만하면 톡톡 어깨를 두들겼다. 몇 번 당한 태웅이는 더는 뒤돌아보지 않았다. 그래도 끈질기게 부르자 마지못해 돌아봤다. 그럼 나는 또 연필을 들이댔다. 하지만 모든 일은 끝이 있기 마련이다.

"아, 그만하라고!"

내 장난이 귀찮았던 태웅이가 뒤도 돌아보지 않고 손을 휘둘렀다. 그 바람에 엉뚱하게도 내가 쥐고 있던 연필이 나를 향했다. 하필 내 볼이었다.

"아앗!"

나도 모르게 비명을 질렀다. 그러자 놀란 태웅이가 고개를 돌렸다.

"괜찮아?"

태웅이는 당황해 어쩔 줄을 몰라 했다. 나는 말없이 볼만 감싸 쥐고 있었다. 급기야 태웅이는 자리에서 일어나 내 옆으로 왔다.

"미안. 모르고 그랬어. 그러니까 왜 자꾸 장난을 쳐?"

"됐어. 저리 가."

짜증이 난 나는 태웅이를 확 밀쳤다. 이번엔 태웅이가 뒤로 쿵 넘어지면서 엉덩방아를 찧었다.

"악!"

태웅이가 외마디 비명을 질렀다. 나는 갑작스럽게 벌어진 상황에 놀라 멀거니 서 있었다. 일이 꼬이려니 이상하게 꼬였다. 장난이 심했던 것 같아 사과를 하려고 입을 뗐다.

"미······."

"넌 왜 사과를 안 해?"

태웅이가 일어나면서 씩씩거렸다.

"내가 뭘?"

"너 때문에 넘어졌잖아?"

태웅이는 잔뜩 인상을 찡그린 채 억울해했다.

"너도 나 연필로 찔렀잖아?"

나도 모르게 큰 목소리로 맞받아쳤다. 내 볼도 계속 욱신거리는데 사과하라고 다그치니 말이 삐뚤게 나갔다.

"그게 나 때문이라고? 네가 나한테 장난치다가 그런 거잖아?"

"얘들아, 무슨 일이야?"

그때 선생님이 급하게 달려와 물었다. 어느새 반 아이들이 우리를 둘러싸고 있었다.

"찬성이가 태웅이를 밀쳤어요."

한 아이가 말했다.

"태웅이가 찬성이를 먼저 다치게 했잖아."

다른 아이는 내 편을 들었다.

"도대체 무슨 소리야? 태웅이부터 말해 볼래?"

선생님이 나와 태웅이를 번갈아 바라보며 물었다. 그 와중에 태웅이한테 먼저 묻는 게 짜증 났다.

"태웅이가 연필로 제 볼을 찔렀어요."

재빨리 내가 선수를 쳤다. 혹시라도 태웅이가 엉뚱한 소리를 하면 억울할 테니까. 그러자 태웅이 표정이 단박에 바뀌었다. 있는 힘껏 째려보더니 곧바로 말을 이었다.

"찬성이가 저한테 장난을 쳐서 제가 하지 말라고 했는데요. 계속 하는 거예요. 그래서 그만하라고 팔을 휘둘렀는데 연필에……. 저는 바로 미안하다고 사과했어요. 근데 찬성이는 화를 내면서 저를 밀쳤어요. 분명 자기 때문에 엉덩방아를 찧었는데 사과도 안 하잖아요."

태웅이는 울먹이면서도 할 말은 다 했다. 태웅이 말을 다 들은 선생님이 내게 시선을 돌렸다.

"태웅이 말이 사실이니?"

나는 할 말이 없었다. 말없이 고개를 떨궜다.

"둘 다 잘못이 있어. 누가 먼저 사과할래?"

선생님이 물었다. 나는 여전히 고개 숙인 채 교실 바닥만 바라봤다. 태웅이도 마찬가지였다.

"안 되겠다. 둘 다 선생님 따라와."

결국 우리 둘은 선생님을 따라 상담실로 갔다. 물론 거기에서 서로 사과를 했다. 그렇게 잘 마무리가 되었다.

하지만 진짜 문제는 방과 후에 벌어졌다.

"잠·깐·만······!"

막 거실로 들어섰을 때였다. 엄마가 나를 불러 세웠다. 그 목소리가 어찌나 딱딱한지 나뭇가지가 똑똑 부러지는 소리처럼 들렸다. 순간 심장이 오그라들었다.

"왜, 왜요?"

"너 볼이 왜 그래?"

엄마의 손끝이 내 오른쪽 뺨을 가리켰다. 엄마 눈빛이

심상치 않았다.

"볼이요? 볼이 왜요?"

내가 당황해 되묻자, 엄마가 한 발 더 가까이 와 얼굴을 들이밀었다.

"멍 들었잖아!"

엄마가 내 볼을 만지며 언성을 높였다. 심장이 철렁 내려앉았다.

"멍이요? 그게…… 그러니까……."

내 눈빛은 길 잃은 아이처럼 흔들렸고 몸짓은 허둥거렸다.

"똑바로 말해! 대체 왜 멍이 든 거야? 혹시 누가 너 때렸니? 아니면 꼬집었어? 빨리 말하지 않고 뭐 해?"

내가 아무 말 하지 않자 엄마가 다그쳤다. 어떻게 하지? 사실대로 말할까? 아니야, 그러다가 더 혼나면 어떡해? 짧은 순간이지만 별의별 생각으로 머리가 들끓었다.

"선생님께 전화해 봐야겠다."

엄마는 당장 전화를 할 것처럼 휴대폰을 꺼내 들었다.

"아, 아니에요. 엄마. 사실은 낮에 태웅이랑 장난치다가 연필에 찔렸어요."

엄마가 선생님께 연락하는 걸 막기 위해 빠르게 말을 쏟아 냈다.

"뭐라고? 지금 뭐라고 했니? 누가 뭐로 찔렀다고?"

"……."

엄마가 손으로 머리를 짚으며 한숨을 쉬었다. 두 눈을 질끈 감으며 꾹 참는 표정이었다.

"선생님은? 선생님은 안 계셨니? 뭐 하시느라 네가 연필에 찔리는 것도 모르셨던 거지?"

엄마는 아까보다 더 불쾌한 듯 말을 이었다. 그제야 나는 뭔가 잘못됐다는 걸 깨달았다. 장난이었다고 말하면 그냥 넘어갈 줄 알았는데 아니었다. 내 예상과 달리 엄마는 점점 더 화를 냈다. 불안했다. 심장이 떨려서 머릿속도 뒤죽박죽이 됐다.

다칠 때 뭐

"쉬는 시간이라 선생님은 교실에

안 계셨어요. 태웅이랑은 서로 사과도 했고요."

"네가 잘못한 것도 아닌데 사과를 왜 하니?

아무튼 알았어. 얼른 가서 씻고 수업 받을 준비해."

손가락으로 관자놀이를 꾹꾹 누르던 엄마가 안으로

들어가라는 손짓을 했다. 나는 내 방으로 향하며 가슴을 쓸어내렸다.

'휴, 다행이다.'

나는 진심으로 안도의 숨을 내쉬었다.

그리고 다음 날, 안심하기엔 성급했음을 깨달았다. 느닷없이 엄마가 학교에 찾아왔다. 그리고 다짜고짜 선생님께 내가 다칠 때 뭐 하셨냐며 따졌다.

선생님은 그날 일을 차분히 설명하며 엄마를 이해시키려 했다. 하지만 엄마는 그 말을 믿지 않았다. 오히려 나를 거짓말쟁이로 만드느냐며 더 난리를 피웠다. 선생님은 난처해했고, 엄마는 학교폭력위원회까지 운운했다. 어떻게 해야 할지 머리가 멍해졌다.

그때부터였다. 내가 있는 곳은 어디나 바늘방석 같았다. 학교나 학원, 심지어 집도 마찬가지였다. 하지만 더 힘든 건 따로 있었다. 답답한 마음을 나눌 사람이 없다는 거였다.

쉬는 시간마다 책상에 엎드려 있었다. 그러다 문득 그곳이 떠올랐다. 마음 빨래방!

'왜 그 생각을 못 했지?'

수업이 끝나자마자 부리나케 나갔다. 학원으로 가기 전 빨래방에 들르려면 서둘러야 했다. 헐떡헐떡 숨을 내쉬며 빨래방 문을 열어 젖혔다. 얼른 긴 탁자로 가 노트를 펼쳤다. 시간이 없으니 빨리 쓰고 가야 했다.

한 줄 한 줄 엄마 때문에 속상했던 일을 썼다. 누가 볼지 말지는 생각 안 했다. 그냥 내 마음을 털어놓기만 해도 좋았다. 다 쓰고 나니 훨씬 마음이 홀가분했다. 그렇다고 내 마음에 남은 얼룩이 완전히 지워진 건 아니었지만.

빨래방에서 주운 돈

오늘도 학교를 마치고 마음 빨래방으로 향했다. 탈탈 탈 노트 생각을 하자 벌써 신이 났다. 오늘은 어떤 글이 있을까? 빨래방 앞에 서서 그 안을 들여다보니 사람은 없고 세탁기 하나와 건조기 하나만 돌아가고 있었다. 나는 출입문을 밀고 들어갔다.

"하아, 시원하다."

벽 선풍기의 바람이 내 쪽으로 향했다. 두 팔을 쭉 뻗어 바람을 쐬니 샤워라도 한 듯 시원했다. 코끝으로는

내가 좋아하는 빨래방 향기가

쑥 들어왔다.

　"아아아아아아."

　윙윙 돌던 선풍기가

또 다시 나를 향해

바람을 내뿜었다.

입에서 절로

소리가 나왔다.

한참 바람을 쐬다가 아이스크림 냉장고 앞으로 갔다.

　"어? 이건?"

　아이스크림 냉장고 옆 귀퉁이에 지폐 한 장이 보였다.

바람에 날아갈까 발로 탁 눌러 잡았다. 오천 원짜리 지

폐였다. 이게 웬 횡재인가 싶어 얼른 주우려다 나도 모르

세 주변을 살폈다.

　당연히 아무도 없었다.

　'이걸로 아이스크림 사 먹을까?'

나는 힐끔 아이스크림 냉장고 안을 들여다봤다. 내가 좋아하는 짝꿍바가 나를 애타게 기다리고 있는 듯했다.

"으아."

갈등이 시작됐다. 내 몸은 돈을 든 채 꼼짝하지 않았다. 손만 뻗으면 아이스크림을 먹을 수 있는데 그게 맘대로 안 됐다.

나는 긴 탁자에 항상 놓여 있는 탈탈탈 노트 앞으로 갔다. 그러곤 노트를 펼쳐 글을 썼다.

돈 잃어버린 분, 찾아가세요.

아이스크림 냉장고 옆에서 주웠어요.

주인을 몰라서 여기에 끼워 둡니다.

양심껏 주인만 가져가세요! 꼭이요!

"됐다!"

나는 잠시 내가 쓴 글을 흐뭇하게 봤다. 아이스크림을

사 먹을까 고민했을 때와는 달리, 돈을 주인에게 돌려주기로 결심하자 한결 마음이 홀가분했다. 이 좋은 기분으로 댓글을 달아 볼까 싶어 노트를 앞으로 넘겼다.

요즘 빨래방에 아이들이 너무 많이 오는 것 같다.
아이스크림 때문인지 늘 깨끗했던 곳이
한 번씩 눈살이 찌푸려질 정도로 지저분하다.
이곳도 노키즈존으로 해야 하는 것 아닌가?
↳ 정말 그래야 되지 않을까 싶어요. 빨래방에
아이스크림 냉장고랑 게임기가 있는 것부터
문제가 있는 것 같아요.

그런데 이 글부터 보였다. 글을 읽다 말고 쓰레기통이 놓여 있는 곳을 바라봤다. 아깐 돈을 줍느라 미처 못 봤는데 정말 쓰레기통 근처에 아이스크림 봉지가 너저분하게 떨어져 있었다.

나는 의자에서 일어나 쓰레기통 쪽으로 갔다. 내가 버린 건 아니지만 바닥에 떨어져 있는 아이스크림 봉지를 주워 쓰레기통에 넣었다. 그래야 노키즈존으로 만들지 않을 것 같았다. 혹시라도 더 떨어져 있나 살펴봤는데 더는 없었다. 긴 탁자로 돌아가 읽었던 부분에서 다시 앞으로 페이지를 넘겼다. 그리고 얼마 안 가 내 손이 뚝 멈췄다.

우리 엄마는 왜 그럴까? 왜 작은 일도 크게 만드는 걸까? 괜찮다고 말했는데도 기어이 학교로 찾아와 선생님께 따지는 이유가 뭘까? 다 내 잘못이다. 처음부터 사실대로 말했어야 했는데……. 내가 장난을 치다가 그런 거라고 하면 혼날 것 같아서 대충 얼버무렸다. 앞으로 어떻게 학교를 다니지? 막막하다.

"이…… 이건?"

제법 길게 쓴 글이었다. 그 글을 다 읽고 나자 익숙한 얼굴 하나가 떠올랐다. 내 이름과 반대되는 아이 오찬성. 설마 찬성이도 마음 빨래방에 오는 걸까?

탈까닥.

그때 등 뒤에서 세탁기가 멈추는 소리가 들렸다. 나는 화들짝 놀라 빨래방 밖을 쳐다봤다. 건너편에서 한 아주머니가 이쪽으로 오고 있었다. 후다닥 노트를 덮었다. 얼른 가방을 메고 밖으로 나서는데, 문 앞에서 그 아주머니와 맞닥뜨렸다.

"죄송합니다."

나는 얼른 아주머니께 인사를 하고 밖으로 나왔다. 길을 걷는데 아까 읽었던 '노키즈존' 이야기가 자꾸 머리에 맴돌았다. 그리고 확실치는 않지만 찬성이가 써 놓은 것 같은 글도 떠올랐다.

"아휴!"

내 입에서 한숨이 절로 나왔다. 아까까지만 해도 기분 좋았는데 이젠 아니었다. 노트에 적힌 글들이 내 마음을 어지럽혔다. 특히나 찬성이 글은 내 마음을 더 무겁게 만들었다. 찬성이 엄마가 학교에 찾아왔던 날 찬성이 모습이 생생히 기억났다. 툭 건드리면 금방이라도 눈물을 쏟을 것처럼 하루 종일 슬퍼 보였다.

"찬성이도 진짜 힘들겠다. 얼마나 답답했으면 노트에 글을 썼을까?"

나도 모르게 혼잣말을 주절댔다.

뒤늦게 후회가 됐다. 찬성이를 위해 한 줄이라도 댓글을 남겼어야 했는데 그냥 온 게 영 마음에 걸렸다. 하필 그때 아주머니가 올 게 뭐람? 내일 다시 들러 꼭 달아야겠다고 생각했다.

그날 밤, 낮에만 났던 위층 음악 소리가 밤에도 들렸다.

"아니, 이 밤에 왜 저렇게 음악을 크게 틀어 놓은 거지?"

엄마도 신경이 거슬리는지 천장만 쳐다봤다.

"아무래도 내일 얘기해야겠다. 어서 자자."

엄마는 잔뜩 얼굴을 찡그린 채 안방으로 들어갔다. 내일은 새벽부터 나가야 한다고 했다. 나도 내 방으로 들어갔다. 잠을 자려고 했지만 잘 안 됐다. 음악 소리가 여전히 광광 울렸다.

손가락으로 귀를 틀어막으며 이불을 뒤집어 썼다. 음악 소리는 조금 작아졌지만 얇은 이불이라도 이불은 이불이었다. 금방 숨이 막혔다.

"푸후."

이불 밖으로 머리를 내밀어 숨을 몰아쉬었다. 그제야 살 것 같았다. 문득 참고 있을 게 아니라 이렇게 숨 쉬듯 시원하게 해결할 수 있는 방법을 찾아야겠다 싶었다.

"분명, 분명 방법이 있을 거야!"

용기

답답한 마음을 털어놓고 싶을 때마다 탈탈탈 노트가 떠올랐다. 그 길로 바로 마음 빨래방으로 달려갔다. 의자에 앉자마자 글이 마구 써졌다. 처음 집에서 쓰려고 했을 때와는 사뭇 달랐다. 빨래방이라 그런가 꾹꾹 눌러 놨던 화가 씻겨 나가는 기분이 들었다.

노트를 덮고 나니 가슴 한가운데에 떡 버티고 있던 바위가 한쪽으로 살짝 비켜진 것 같았다. 겨우 글을 쓴 건데 이런다고? 정말 신기했다.

'대인이도 탈탈탈 노트 때문에 빨래방에 오는 걸까?'

마음 빨래방은 뭔가 달랐다. 자꾸만 찾게 되는 특별한 곳이었다. 만나면 기분 좋아지는 사람이 있듯이 이 마음 빨래방에만 오면 기분이 좋아졌다.

며칠 후, 나는 혹시 댓글이 달렸을까 궁금해 빨래방을 찾았다.

 ↳ 언제나 솔직함이 답인 것 같아요. 힘들겠지만 용기를 내 엄마한테 그날의 일을 솔직하게 말해 보세요. 그리고 내 생각과 감정도 이야기하면 좋겠어요. 말로 하기가 어려우면 편지를 쓰면 어떨까요?
 ↳ 솔직하게만 이야기하면 엄마는 다 이해할 거예요. 엄마의 사랑은 바다처럼 깊고 넓답니다.
 ↳ 그러니까 사소한 거짓말도 하면 안 돼요. 거짓말은 눈덩이와 같아요. 계속 속이려 들면 일이 점점 커질 거예요.
 ↳ 거짓말은 앙대용!

몇 개의 댓글이 달려 있었다. 나는 댓글 하나하나를 꼼꼼히 읽었다. 그중엔 장난스러운 댓글도 있었으나, 어떤 댓글은 보는 순간 눈물이 핑 돌았다. 진심으로 나를 걱정해 주는 것 같아 고마웠다. 인터넷이나 SNS에 달린 댓글은 그냥 휙 흘려 읽었는데 종이에 눌러 쓴 댓글은 다르게 다가왔다. 마치 글자 하나하나에 마음이 담긴 것처럼 소중하게 느껴졌다.

빨래방에서 나와 학원으로 갔다. 발걸음이 한결 가벼웠다. 수업 내내 선생님 설명이 아니라 노트에서 본 댓글이 꿈틀댔다.

결국 집에 가자마자 책상에 앉아 편지지를 꺼냈다. 그리고 탈탈탈 노트에 적힌 조언대로 엄마에게 편지를 쓰기로 마음먹었다.

"후유!"

단단히 결심했는데도 엄마한테 편지를 쓰는 건 쉽지 않았다. 한숨 한 번 쉬고 종이 한 번 보고…….

결국 몇 번의 반복 끝에 한 문장을 썼다.

글씨가 삐뚤빼뚤한 게 마음에 안 들었다. 평소에 글씨 연습 좀 할걸 후회했다. 안 하던 짓을 하려니 별게 다 신경 쓰였다. 얼른 지우개로 지우고 다시 쓰기 시작했다.

엄마, 저 찬성이에요.

엄마한테 하고 싶은 말이 있어서 편지를 써요.

사실 태웅이와의 싸움은 제가 먼저 잘못을 한 거예요.

엄마한테 혼날까 봐 거짓말했어요. 죄송해요.

엄마가 저를 위해 많은 일을 한다는 거 알아요. 엄마도 피곤하고 힘드실 텐데 다 저 잘되라고 그러는 거잖아요.

그런데요, 그게 저를 너무 힘들게 해요. 가슴이 답답하고 눈물이 나요.

저는 친구가 한 명도 없어요. 제 말을 들어 줄 친구가 없어요.

저도 친구 사귀고 싶어요. 엄마 마음에 드는 친구 말고 제 마음에 드는 친구요. 앞으로 즐겁게 학교 다닐 수 있게 엄마가 저 좀 이해해 주면 안 돼요?

처음 쓸 땐 어떻게 써야 할지 막막했다. 그런데 막상 한 줄 쓰고 나니 그 뒤로는 막힘없이 써졌다. 그간 내가 이런 생각을 했구나 새삼 놀랄 정도였다. 그런 생각을 하고 있는지조차 몰랐는데 글을 쓰면서 내 마음을 제대로 알게 됐다.

'그런데 엄마가 편지를 읽고 화내면 어떡하지?'

불안한 마음이 불쑥 들었다.

"그럼 그냥 혼나는 거지 뭐. 그러니까 일단 드리자!"

나는 자라목처럼 쪼그라든 내 마음을 향해 큰소리쳤다. 그리고 나니 용기가 생겼다. 내일 아침이 기다려졌다.

"반대인!"

다음 날, 대인이 앞으로 가 불쑥 봉투를 내밀었다. 그러자 대인이가 놀란 듯 고개를 번쩍 들었다. 의아한 눈빛으로 나를 바라봤다.

"이것 좀 봐줘."

"뭔데?"

간만에 대인이의 목소리를 들었다.

"엄마한테 보내는 편지."

"편지라고?"

나는 고개를 살짝 끄덕였다.

이것 좀 봐줘.

"여러 번 수정했는데 잘 썼는지 모르겠어. 네가 한번 봐 주면 좋겠다."

"……"

대인이는 잠시 말이 없었다. 아마 너무 갑작스러워서 그런 것 같았다. 나는 대인이의 대답을 기다리며 눈치를 살폈다. 혹시라도 거절하면 어쩌지? 그보다 그 댓글이 대인이가 쓴 게 아니라면? 순간 실수했다 싶었다. 그 댓글을 대인이가 썼다고 생각해서 용기를 낸 건데 아니면 많이 부끄러울 것 같았다.

"알겠어."

마침내 대인이가 편지를 가져갔다. 나는 속으로 안도했다.

대인이는 내가 쓴 편지를 읽기 시작했다. 무덤덤한 표정으로 쭉 읽어 나가는데 왠지 무척 떨렸다. 꼭 선생님한테 숙제 검사를 받는 기분이랄까. 시간이 흐를수록 점점 얼굴이 달아오르는 느낌이었다.

'괜히 봐 달라고 했나?'

애꿎은 셔츠 자락만 배배 꼬았다 풀었다 하면서 대인이의 입이 떨어지길 기다렸다.

"잘 쓴 것 같아."

편지를 다 읽은 대인이가 나를 올려다봤다.

"정말? 이대로 엄마한테 드려도 괜찮겠어?"

나는 반색하며 되물었다.

"그래도 될 것 같아. 근데……."

"근데 뭐?"

대인이의 그다음 말이 궁금했다.

"난 네가 어떨 때 가장 힘들었는지도 구체적으로 쓰면 좋을 것 같아. 그럼 너희 엄마도 더 깊이 생각해 보시지 않을까?"

나는 대답 없이 눈만 껌뻑거리며 대인이의 말을 되새겨 봤다. 대인이 말이 일리 있어 보였다.

"알겠어. 네 말대로 조금 더 고쳐 볼게. 고마워."

나는 편지를 가지고 내 자리에 앉았다. 오늘 대인이에게 편지를 보여 주길 잘했단 생각이 들었다. 슬쩍 대인이 쪽으로 고개를 돌렸다. 노트에 무언가를 쓰던 대인이가 내 쪽을 바라봤다. 눈이 마주쳤다. 나는 살짝 민망해서 어깨를 한 번 추어올렸다. 대인이도 어깨를 추어올리며 빙긋 웃었다.

반대인 이야기

마음 빨래방 주인

"으아, 오늘 진짜 덥다."

연일 날씨가 화창했다. 아니 화창하다 못해 더웠다. 학
교에서 집으로 오는 그 짧은 시간에 목이 마를 정도였다.

"아이스크림이나 하나 먹을까?"

나는 오늘도 집으로 가기 전에 아이스크림을 핑계 삼
아 빨래방 안을 기웃거렸다. 아무도 없었다. 얼른 들어가
내가 어제 끼워 둔 돈이 있나 없나 살폈다. 없었다. 대신
댓글이 달려 있었다.

└→ 돈 붙여 놓으신 분, **감사합니다.** 집에 가자마자 잃어버린 걸 알았지만 포기했거든요. 이렇게 다시 찾을 줄은 몰랐어요. **돈을 찾은 것보다** 아직 우리 사회가 메마르지 않았다는 사실이 기쁘네요. **복 받으세요!**

나도 모르게 입가가 벙싯거려졌다.

"너지?"

그때 등 뒤에서 빨래방 문이 열리더니 거친 목소리가 말을 걸어 왔다. 뒤를 돌아보자 머리를 하나로 묶은 아저씨가 나를 내려다보고 있었다.

"누, 누구세요?"

처음 보는 아저씨라 그만 말을 더듬었다.

"나? 마음 빨래방 주인이다."

"아~~~."

나도 모르게 고개가 끄덕여졌다. 마음 빨래방의 주인은 어떤 사람일까 항상 궁금했다. 그런데 좀 전에 '너지?'

라고 물은 이유는 뭘까?

"근데 저는 왜요? 벌써 노키즈존 됐어요?"

나는 얼마 전에 노트에서 본 글이 떠올라 얼른 물었다. 그러자 아저씨는 말없이 빙그레 웃으며 내 앞으로 다가왔다.

"아이스크림 먹을래? 이 아저씨가 하나 쏠게."

"왜…… 왜요?"

깜짝 놀라서 되물었다. 처음 본 아저씨가 내게 왜 아이스크림을 사 주는지 수상했다.

"놀라기는 왜 그렇게 놀라? 나 마음 빨래방 주인이라니까? 뭐 먹을래?"

"……."

나는 대답도 못 하고 아저씨만 쳐다봤다.

"어서 말해 봐. 혹시 너 짝꿍바 좋아해?"

이미 아이스크림을 꺼낸 아저씨가 짝꿍바를 내밀며 말했다. 나는 고개를 끄덕이며 아이스크림을 받았다. 내가 짝꿍바를 좋아하는 건 어떻게 알았지?

"네가 돈 주운 애지?"

내 눈이 동그래졌다. 내 이름을 써 놓은 것도 아닌데 어떻게 알았을까 의아했다.

"그, 그걸 어떻게 아셨어요?"

"다 아는 수가 있지. 저기?"

아저씨가 빨래방 구석에 있는 씨씨티비를 가리켰다. 그래서 늘 주인이 없었던 거였다.

"무인 시스템이라 간간이 씨씨티비를 확인하지. 특히나 요새 노트에 민원이 있어서 누가 와서 쓰레기를 버리나 보기도 해. 근데 네가 돈을 주워다 놓은 걸 보고 놀랐어. 보는 사람도 없으니 가져갈 법도 한데 주인에게 찾아 주려 하다니, 얼마나 고맙니."

"아! 그건……."

그냥 잃어버린 사람 마음을 생각하니 가져가고 싶지 않았던 건데 이렇게 칭찬을 들으니 굉장히 쑥스러웠다.

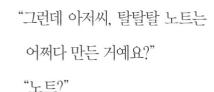

"그런데 아저씨, 탈탈탈 노트는 어쩌다 만든 거예요?"

"노트?"

아저씨가 긴 탁자 귀퉁이에 놓여 있는 노트를 쳐다봤다. 그러곤 언젠가를 회상하는 듯 한 곳을 응시하며 말했다.

"예전에 잠깐 외국에 나가서 산 적이 있어. 아는 사람도 없고 말도 안 통하니까 너무 외로웠지. 그런데 어느 날 동네 빨래방에 갔더니 저런 노트가 하나 있는 거야. 펼쳐 봤더니 나같이 사람의 온기가 그리운 사람들이 써 놓은 글들이 많더라고. 그래서 나도 쓰기 시작했단다. 말이 안 통해서 대화는 힘들었지만 글은 쓸 수 있겠더라고. 그런데 놀랍게도 사람들이 내 글에 정성껏 답장을 써 주더

구나. 그래서 틈만 나면 가서 내 이야기를 썼지. 그곳에서 좋은 친구들을 많이 사귀었단다."

'우아!'

나는 속으로 감탄했다. 우리나라도 아니고 외국에서 그런 경험을 했다는 게 신기했다.

"언젠가 한국에 돌아가면 나도 사람들의 외로운 마음을 돌봐야겠다고 다짐했단다. 그렇게 해서 만든 게 이 탈탈탈 노트야. 내가 노트에서 위안을 받았던 것처럼 이웃들끼리 서로 관심을 갖고 마음을 나누길 바라면서."

나는 가만가만히 고개를 끄덕였다. 그러자 주인 아저씨가 다시 말을 이었다.

"아저씨가 외국에서도 경험하고 또 마음 빨래방에서도 느꼈지만, 글로 쓰는 순간 많은 것이 달라진단다. 글에는 엄청난 힘이 있거든. 상상도 못할 기적을 만들기도 하지."

아저씨 말을 듣고 보니 왠지 맞는 것 같았다. 나도 탈탈탈 노트에 글을 쓰면서 많이 변했으니까.

"자주 들러. 하고 싶은 말 있음 언제든 탈탈탈 노트에 쓰고. 네가 쓴 글이 어떤 마법을 부릴지 모르니."

아저씨의 말을 들으니 안심이 됐다. 처음이야 빨래 때문이었지만 요즘은 노트 때문에 오기 때문이다.

"그럼 여기, 노키즈존으로 안 만든다는 거죠?"

"내가 매장 관리에 더 신경 쓸 거니까 걱정하지 않아도 된다. 어서 아이스크림 먹어라. 다 녹겠구나."

나는 꾸벅 인사를 하고 비닐을 뜯었다. 아저씨 말대로 아이스크림이 살짝 녹아 있었다. 그래도 달콤하고 시원했다. 아저씨가 기특하다는 듯 내 머리를 쓰다듬었다.

빨래방에서 나와 곧장 집으로 갔다.

집 앞에 이르자 기타를 멘 사람이 공동 현관으로 들어가고 있었다. 블랙 진에 블랙 티셔츠, 양 팔에는 타투가 잔뜩 그려져 있고 귀엔 피어싱이 주렁주렁 박혀 있었다. 나도 모르게 주춤 걸음을 멈췄다. 아무래도 우리 위층에 사는 사람인 것 같았다.

'저 형인가? 음악 크게 틀어 놓은 사람이?'

막상 코앞에서 위층 형을 보자 몸이 움츠러들었다. 조용히 해 달라고 말하면 도리어 나한테 화낼 것 같았다. 나는 고개를 절레절레 내저으며 우리 집으로 들어갔다.

간만에 집 안은 조용했다. 한동안 음악 소리 때문에 시끄럽다가 너무 조용하니까 더 이상했다.

쿵쾅쿵쾅 쿵쿵 따다다.

안심하려던 찰나 늘 듣던 음악 소리가 울려 퍼졌다. 오늘은 여느 날보다 더 크게 들렸다.

"아, 시끄러워!"

나는 두 손으로 귀를 틀어막았다. 음악 소리에 맞춰 짜증 지수도 훅 치고 올라왔다.

'어떻게 해야 하지?'

그때 빨래방 주인 아저씨가 했던 말이 떠올랐다.

'글로 쓰는 순간 많은 것이 달라진단다. 글에는 엄청난 힘이 있거든. 상상도 못할 기적을 만들기도 하지.'

"그래! 왜 내가 그 생각을 못 했지?"

얼른 내 방으로 들어갔다. 그러곤 메모지 한 장과 연필을 꺼냈다. 빨래방에선 모르는 사람들한테도 댓글을 남겼으면서 정작 내가 필요한 곳에선 왜 깜빡했는지 모르겠다. 그걸 깨닫고 나자 당장이라도 글을 써야겠다 싶었다.

연필을 들고 심호흡을 한 번 크게 했다. 그리고 그간 위층 형에게 하고 싶었던 말을 차분히 쓰기 시작했다. 위층 형이 내 말을 들어 줄지 안 들어 줄지는 나중 일이었다. 일단은 내 생각을 전하고 싶었다.

다 쓴 메모지를 챙겨 위층으로 올라갔다. 그러고는 문에 메모지와 특별히 챙긴 사탕 두 개를 테이프로 붙였다.

안녕하세요? 저는 며칠 전 행복빌라로 이사 온
초등학교 4학년 학생이에요. 앞으로 잘 부탁드립니다.
그런데 저희 집까지 음악 소리가 크게 들려

가끔은 잠을 이루기가 어려워요. 모두가 각자의 사정이
있다는 거 잘 알고 있지만, 서로 조금씩만 조심하면 더
행복한 행복빌라가 될 수 있을 것 같아 메모 남겨요.
저도 시끄럽지 않게 조심할게요!
-행복빌라 203호 올림

그날 밤엔 음악이 들리지 않았다. 형이 메모지를 본 걸까? 위층은 조용한데 내 심장 소리는 두근두근 커져만 갔다.

다음 날 아침, 학교에 가려고 문을 열었는데 문고리에 까만 봉지가 걸려 있었다. 나는 과자가 잔뜩 들어 있는 봉지를 가슴에 끌어안았다. 부스럭 부스럭 과자들이 내는 소리가 어떤 오케스트라 연주보다 감미롭게 들렸다.

오찬성 이야기

엄마의 답장

　종례를 마치고 집으로 갈 시간이었다. 나는 머뭇거리다가 대인이에게 물었다.

　"오늘 같이 갈래?"

　"우리 집이랑 같은 방향 아니잖아?"

　"그렇긴 한데 학원이 그쪽에 있어."

　내가 얼른 둘러대자 대인이가 고개를 끄덕였다.

　대인이와 나는 교문을 나설 때까지 한마디도 나누지 않았다. 솔직히 조금 어색했다. 평소 친하게 지낸 것도

아니고 자주 함께 다닌 것도 아니라 무슨 말부터 꺼내야
할지 몰랐다.

"저기…… 마음 빨래방 말이야."

막 교문을 지나 사거리 신호등이 있는 곳으로 가고 있
었다. 버벅대다가 빨래방 이야기를 막 꺼냈을 때였다.

"오찬성!"

신호등 앞에 차 한 대가 서더니 창문이 내려갔다. 엄마
였다.

"어? 엄마?"

"어서 타. 엄마가 전화했는데 왜 안 받아?"

나는 대인이를 돌아봤다. 대인이는 엄마 쪽을 향해 꾸
벅 인사를 했다.

"모, 몰랐어요. 왜요?"

"그만 묻고 얼른 타."

엄마는 늘 그렇듯 엄마가 하고 싶은 말만 하고 창문을
닫았다. 나는 얼른 대인이에게 손을 흔들었다.

"미안. 내일 보자. 그리고 내일은 꼭 같이 가자."

나는 빠르게 사과한 뒤 차에 올라탔다.

지나가다 보니 대인이는 천천히 걸어서 빨래방 쪽으로 가고 있었다.

'오늘은 나도 같이 가고 싶었는데……'

아쉬움이 커 엄마가 원망스럽기까지 했다. 하필 오늘 데리러 올 게 뭐람? 이럴 때마다 정말 엄마와 안 맞는단 생각이 들었다. 이러니 내가 친구를 제대로 못 사귀는 거다.

123가 4567

엄마의 차가 영어 학원 앞에 멈췄다.

"엄마, 이거요."

나는 차에서 내리면서 엄마한테 편지를 내밀었다. 원 랜 집에서 드리려 했는데 마음을 바꿨다. 왠지 집에선 용기가 나지 않을 것 같았다.

"뭔데?"

엄마가 내 얼굴을 올려다보며 물었다.

"이따 보세요."

나는 얼른 차 문을 닫고 부리나케 학원 입구로 갔다. 이미 주사위는 던져졌고 돌이킬 수 없다. 일이 잘 풀리기를 바라지만 그게 아니면?

'왜 처음부터 사실대로 말하지 않았니? 엄마가 거짓말 싫어하는 거 알면서 어떻게 그럴 수 있어?'

엄마가 내가 쓴 편지를 읽고 화내는 모습이 머릿속에서 마구 그려졌다. 상상만으로도 온몸의 솜털이 쭈뼛쭈뼛 일어나는 것만 같았다. 주사위는 던져졌다고 후회하지 말자던 마음이 금세 돌아섰다. 후회가 스멀스멀 밀려오기 시작했다.

"아니야! 잘한 거야."

나는 코앞까지 밀려온 후회를 뻥 차기라도 하는 듯 발을 쾅 굴렀다. 엄마가 선생님께 잔뜩 항의를 한 건 다 내가 사실대로 말하지 않아서였으니까.

학원 수업을 마치고 집으로 돌아갔다. 엄마는 평소처럼 맞아 주었다.

'아직 편지를 안 읽으셨나?'

학원 수업 내내 신경이 곤두설 만큼 긴장했다. 그런데 평소와 다를 바 없는 엄마를 보니 허탈했다. 어깨가 축 처질 정도로 마음이 가라앉았다.

내 진심이 쓰레기통에 처박힌 것처럼 찜찜했다. 아니 뭐랄까? 조금 절망적이라고나 할까? 내심 엄마가 편지를 읽고 다르게 대해 줬으면 하는 바람을 품었던 모양이다.

며칠 동안 엄마와 나 사이엔 별다른 일이 없었다. 나를 대하는 태도도 그다지 달라지지 않았다. 다만 말할 때는 평소와 살짝 달랐다. 조금 조심스럽게 말하는 듯한 느낌이 들었다.

그러던 어느 날, 학원 수업을 마치고 내 방에 들어갔을 때였다. 책상 위에 편지 봉투 하나가 놓여 있었다. 눈이 휘둥그레졌다.

"뭐지?"

나는 떨리는 마음으로 편지 봉투를 열었다. 기다리던 엄마의 답장이었다. 옅은 핑크색 편지지에는 엄마 글씨가 빼곡했다.

엄마가 써 주신 답장은 내가 쓴 것보다 훨씬 길었다. 그래서 읽는 데 시간이 좀 걸렸다. 오래 읽은 이유가 꼭 길어서만은 아니었다. 엄마의 편지를 읽는데 자꾸만 눈물이 났다. 눈물이 고이니까 글씨가 번져 보여서 읽기가 힘들었다.

찬성아, 엄마야.

갑작스레 너에게 편지를 쓰려니까 참 어색하다. 생각해 보니

여태 한 번도 이렇게 편지를 쓴 적이 없어서 더 그런 것 같아.

그래서 하는 말인데, 엄마도 이 편지를 꽤 용기 내서 쓰는

거라는 걸 알아주면 좋겠어.

내 사랑하는 아들, 찬성아. 엄마가 많이 미안해. 사실 아빠가

해외로 나가면서 엄마는 마음의 부담이 컸어. 아빠 없는 동안 너를

잘 키워야 아빠가 돌아왔을 때 할 말이 있겠다 싶었거든. 그래서

그동안 네가 사귀는 친구도 공부도 내 기준에 맞춰야 안심이 됐던 것

같아. 하지만 네 마음이 얼마나 힘들지는 미처 생각하지 못했구나.

그러고 보면 어른인 엄마도 아직 많이 부족해.

엄마가 하루아침에 변할 수 있을지는 솔직히 잘 모르겠어. 다만

한 가지 약속할 수 있는 건 너의 생각과 선택을 존중할 거라는 거야.

넌 충분히 옳고 그름을 판단할 수 있는 나이니까. 앞으로 엄마가 더

노력할 테니 이번 일처럼 무슨 일이 생기면 사실대로 말해 주렴. 네

마음의 상처가 오래가지 않았으면 좋겠구나.

"휴우!"

편지를 다 읽은 나는 길게 한숨을 내쉬었다. 대인이가 말한 대로 편지로 내 마음을 전하니 생각지도 않은 좋은 결말을 맞이했다. 만약 내가 대인이를 만나지 못했다면 어떻게 됐을까? 대인이가 빨래방에 있는 걸 보지 못했다면, 탈탈탈 노트에 글을 쓰는 걸 몰랐다면? 대인이를 만나면 할 말이 많을 것 같았다.

반대인 이야기

진짜 친구

찬성이가 엄마한테 쓴 편지를 읽은 이후로 자꾸만 이
서 얼굴이 떠올랐다. 갑작스러운 전학으로 멀어진 내 친
구 이서. 얼마 전 위층에 사는 형한테 메모를 쓸 때도 그
렇고 이서도 그렇고 정작 나한테 필요한 일은 왜 뒤늦게
깨닫는지 모르겠다.

나는 곧바로 이서가 좋아하는 노란색으로 편지지를
골라 한 글자 한 글자 써 내려갔다. 하고 싶은 말이 무척
많았다.

수업이 끝나자 찬성이가 같이 가자고 했다. 약간 어색했지만 빨래방으로 가 함께 노트를 보면 재밌겠다는 생각이 들었다. 하지만 그 일은 계획대로 되지 않았다. 찬성이 엄마가 데리러 왔기 때문이다.

평소처럼 혼자 천천히 집으로 향했다. 그러다 횡단보도 앞에 섰는데 저번에 봤던 강아지 찾는 전단지가 눈에 띄었다.

"아직도 못 찾았나?"

나는 안타까운 마음으로 전단지 앞으로 갔다. 처음 전단지를 봤을 때 강아지를 찾으면 직접 수거하겠다는 문구를 본 게 떠올랐다. 그러니까 전단지가 여전히 있다는 건 강아지를 못 찾았다는 뜻이었다. 하지만 가까이 가서 보니 그게 아니었다.

"어라?"

내가 전단지에 써 놨던 댓글 아래로 또 하나의 댓글이 달려 있었다.

염려해 주신 덕분에 우리 아리를 찾았어요.
우리 아리는 마음 빨래방 근처에서 찾았습니다.
빨래방 노트에서 전단지를 보고 연락을
주셨대요. 저도 앞으로 **누군가 어려운 일**에
처하면 먼저 손을 내밀 수 있을 것 같아요.
작은 관심이 얼마나 큰 도움이 되는지
알게 되었거든요. 이 전단지는 일주일 뒤에
떼겠습니다. **정말 감사합니다.**

댓글을 읽는 내내 얼떨떨했다. 정말 예상치 못한 일이었다. 감동이 밀려와 살짝 눈물까지 맺혔다. 뭐라도 돕고 싶어서 탈탈탈 노트에 전단지를 붙여 놨던 게 이렇게 기적 같은 일로 이어질 줄이야!

정말 다행이에요! 아리와 오래오래 행복하세요.

기분이 벅차 올라 길을 건너려다 말고 전단지에 다시 댓글을 달았다. 아리의 주인이 이 댓글을 보면 내가 봤단 걸 알고 전단지도 마음 놓고 뗄 것이다.

길을 건넜다. 집으로 들어가는 골목길 앞에 서서 뒤돌아봤다. 저 멀리 내가 가장 좋아하는 곳, 마음 빨래방이 보였다. 그때만 해도 내게 이런 일이 생길 거라곤 생각지도 못했다. 갑작스러운 전학으로 친구를 잃었단 생각만 했는데…….

이젠 잃은 것보다 얻은 게 더 많단 생각이 들었다.

"오늘 집에 갈 때 같이 갈래?"

며칠이 지난 어느 날, 이번엔 내가 먼저 찬성이에게 물었다. 찬성이의 눈이 놀란 듯 동그래졌다.

"정말? 좋아!"

찬성이가 너무 좋아하니까 조금 얼떨떨했다. 집에 같이 가자는 말이 이렇게 좋아할 일인가 싶어 의아하기까지 했다. 겨우 1교시가 끝났는데 금방이라도 나갈 것처럼 들떠 보이는 모습에 나도 모르게 웃음이 터져 나왔다. 왜 기분이 좋지? 그러다 문득 나야말로 누구한테 같이 가자는 말을 한 적이 없었다는 걸 깨달았다. 이렇게 먼저 손 내밀면 되는구나, 친구를 사귀는 게 그렇게 어려운 일이 아니구나 그런 생각이 들었다. 이번엔 내가 빨리 집에 가고 싶어졌다.

종례를 마치고 찬성이와 함께 교문을 나올 때였다.

"엄마한테 쓴 편지 드렸어?"

나는 궁금함을 참지 못해 물어보았다.

"드렸어."

찬성이의 대답에 나는 어떻게 됐냐는 눈빛을 보냈다.

"엄마가 며칠 동안은 아무 말도 안 하시더라. 그래서 안 읽었나 보다 했어. 근데 그게 참 기분이 이상했어. 처음엔 차라리 잘됐다 싶었는데, 점점 기분이 안 좋아지는 거야. 그러면서 온갖 생각이 다 들더라고. 마지막엔 절망감까지 느꼈던 것 같아. 괜한 짓을 했나 했는데……"

"그랬는데?"

나는 뒷말이 궁금해 찬성이를 재촉했다.

"엄마가 답장을 써 줬어. 그것도 나보다 더 기~~일게. 이제 나를 존중하겠대."

"정말? 대박이다!"

찬성이는 고개를 끄덕인 후, 한마디 덧붙였다.

"고마워. 이게 다 네 덕이야."

"그게 왜 내 덕이야? 네가 용기 내서 써서 그런 건데."

"네가 댓글로 용기 내 보란 말을 하지 않았다면 아마 못했을걸?"

나는 걸음을 멈추고 찬성이를 바라봤다.

"댓글 본 거 맞구나? 그게 나라는 걸 어떻게 알았어?"

"네가 빨래방에 들어가는 걸 봤거든. 왠지 너 같더라고."

나는 고개를 끄덕였다.

"우리 지금 빨래방에 가 볼래?"

찬성이에게 물었다.

"좋아! 대신 난 오래는 못 있어."

"그럼 우리 뛰어가자."

내가 먼저 뛰기 시작하자, 찬성이도 내 뒤를 따라 뛰어왔다. 햇살은 뜨거웠지만 간간이 바람이 불어 시원했다.

빨래방에 도착하자마자 찬성이를 돌아보며 물었다.

"요즘 여기서 가장 뜨거운 논쟁이 뭔 줄 알아?"

"뭔데?"

"노키즈존. 너는 마음 빨래방에 아이들을 못 오게 하면 어떻게 할 거야?"

"그건 안 되지. 난 반대야. 어른들 되게 웃기지 않냐? 언제는 어린이들이 이 나라의 미래라면서 조금만 성가시면 무조건 노키즈존이래. 이래서 미래가 밝겠어?"

"그치? 나도 그렇게 생각해. 그래서 말인데, 우리 의견을 여기에 써 볼까?"

나는 찬성이를 긴 탁자 쪽으로 이끌었다. 찬성이는 내가 내민 노트에 글을 쓰기 시작했다.

> 노키즈존 결사 반대!
>
> 어린이들을 너무 미워하지 마세요.

찬성이는 자기가 쓴 글을 보더니 큭큭 웃었다. 그러고는 나에게 노트를 밀었다. 나는 펜을 들고 찬성이가 쓴 글에 댓글을 달았다.

↳ 함께 사는 세상, 좋은 세상!

"오, 좋은데?"

찬성이가 생글생글 웃으며 엄지척을 해 줬다.

나는 노트를 제자리에 돌려놓고 아이스크림 냉장고 앞으로 갔다.

"아이스크림 먹을래? 내가 살게."

"좋지!"

나와 찬성이는 동시에 아이스크림 냉장고를 들여다봤다.

"뭐 먹을 거야? 난 이거 좋아해."

나는 먼저 짝꿍바를 꺼내 들었다.

"나도!"

"너도?"

짝꿍바를 하나 더 꺼내려 하자 찬성이가 내 손을 막았다.

"왜?"

"우리 나눠 먹을래? 찬성? 반대?"

찬성이가 내 손에 들린 짝꿍바를 가져가 흔들며 장난스럽게 물었다.

우린 서로 마주 보며 깔깔깔 웃었다. 마침내 진짜 친구가 된 것 같은 기분이 들었다.

이서에게

안녕, 이서야. 나 대인이야. 그동안 잘 지냈니? 말 한마디

없이 전학을 가 버려서 **미안해**. 네가 많이 놀랐을 것 같아.

물론 화도 났을 거고. 미리 말하지 못했던 건 내가 그만큼

전학을 가기 싫었기 때문이야. 그래도 너한테만은 이야기

했어야 했는데. 내가 얼마나 미안해하는지 알아줬으면

좋겠어. 늦었지만 내 마음을 꼭 전하고 싶었어. 친구

사귀는 데 늘 서툴렀던 내게 먼저 다가와 줘서 고마워.

넌 나에게 정말 특별하고 소중한 친구야.

우리 꼭 다시 만나자. 안녕! 잘 지내.

- 너의 베프 대인이가

거북이북스의 책을 구입해 주셔서 감사합니다.
거북이북스는 독자 여러분의 의견을 소중하게 듣겠습니다.
www.gobook2.com